夢外記

十億

Parade Books

0

　夢を見たような気がする。子供のころから何度も繰り返し見た夢だ。夢の中では、そう確信していた。いま考えると、そんな夢を繰り返し見た記憶はないように思うのだが、夢の中の「わたし」を信ずべきなのか、覚醒した後の自分を信ずべきなのか、判断の根拠がなんともあやふやで心もとない。

　夢の中で、少年の自分は、透明な液体のつまった大きなガラスのチューブのようなものを抱え、きらきら光る無数の泡がどこからか降りてくるのを一心に眺めている。目をつむって、気持ちをきれいにして、光の路を天上の、宇宙の、あるいは異次元のどこかから、いまここへとつなげる。薄く目をあけると、心の憧憬をそのまま象ったような銀の泡の群れが、あるいは淡い虹色に輝きながらチューブを下り、「わたし」の深層へと吸い込まれていく。ああ、そうだった。こうすればいいんだっけ。心の内で何かがつながり、ふいに未来への展望が開けた心地よさに、その少年はふたたびゆっくりと目をとじる。

1

　今朝方あれほど爽快に感じられた秋の涼気が、いまは毒水のように重く硬く、透明な悪意を、空に、街路樹に、グレーの路面に撒き散らす。病院の玄関口を一歩出た太一に向かい、世界が白と黒の強烈なコントラストにぎらつく。息苦しさに足を止めると、アヤがおもむろに振り向き、眉を微かにひそめながら何かささやく。

「と……じょ……」

　わずかに微笑んだ口元が蠢いて、その言葉は聞き取れない。

「父さん、だ・い・じょ・う・ぶ？」

　呆けたように立ち止まる太一を慮ってか、繰り返すその声にいつもの固いトーンがない。太一はゆっくりと瞬きしてアヤを見つめると、落ち着いた声を意識しつつ、

「ああ、だいじょうぶだ。ちょっと眩しかっただけさ」

　口を笑みの形に固めながら呟いた。

世界はもう日常の表情《かお》を取り戻している。仔犬を連れて散歩する婦人のシルエットにも、すぐ横をすり抜けていく白いセダンにも、世界の亀裂など刻まれてはいない。そのことがかえって理不尽に思われて、太一は眼を閉じ、日に晒された落ち葉の匂う大気をことさら深く胸に吸い込む。

「……ああ、問題ない。まだ…やれることはたくさんある」

洩れ出た言葉はしかし、車のドアを開けるアヤには届かない。

兆候

異常に気付いたのは、あるいは太一自身が一番早かったのかもしれない。ある昼下がり、コンビニで現金を引き出して、はてどうして自分はこの十万円が必要だったのだろうか、どうしても思い出すことができなかった。

記憶の空白はその後も幾度か訪れ、満潮を迎える岩場にひとり取り残されたような、漠とした不安を太一に抱かせた。車を運転していると、行き先がどこかわからなくなる。長年親しんだ街を歩いていたはずなのに、自分がどこにいるのか把握できない。幸いそうした折、放心の時間はごくわずかで、道を引き返すなり、焦らず大通りに出るなりしてなんとか対処できていたから、これは一時的な貧血か何かで深刻な問題じゃあないと自分をごまかすこともできたし、電話で知人と話すときにも、近頃物忘れがひどくてねえ、と笑い話に憂いを紛らわせることもできた。

自ら抱いていた惧れと違和感が明確な病変として周囲に映っていたことを自覚せざるを得なくなったのは、ある秋の日の午後、一人暮らしの太一を娘の綾乃が突然訪れたことによる。いや、手元のメモを見れば、今朝綾乃から電話があって、いまから行くからねと太一に告げていたことは明白なはずだったが、太一にその記憶はまったくない。

「父さん、やっぱりちょっとおかしいよ。電話でもおんなじこと何回も言うし、いろいろ記憶が飛んでるみたいだし」

「父さんくらいの年になりゃ、珍しいことでもないさ。どうしたって脳は衰えるから」

「そうかもしれないけど、たとえば今朝の電話のこと、全然思い出せないんでしょう？何かをなかなか思い出せないのと、まるっきり、すっぽり忘れてしまうのは違うって本にも書いてあったわよ。父さんならわかるでしょう？」

綾乃の言葉に、太一は不承不承領かざるを得ない。別に父さん、、、ならなどというベタな

1

言い回しに自尊心がくすぐられたからというわけではない。そんな物言いをする娘に微かな不快感さえ覚える。

「そりゃ……アヤの言うとおりだが、そういうことがないってわけでもあるまい。すぐに異常だって考えるのは……」

「そんなこと言っても、父さん、そのひどい物忘れがもうどれくらいあったかわかってるのかな。電話で話していたって、随分おかしいって、わたしどんだけ思ったか。ね、お医者さんに診てもらいましょ。病気じゃないって判るかもしれないし、それならそれで安心じゃない？　わたし、ほんとに心配だから。診てもらうだけでも診てもらいましょうよ」

これはちょっと逃れられないかな、と太一は抵抗を諦める。四十歳を前にようやくできた一人娘であるだけに、太一は、綾乃の笑顔にも眉根を寄せた訴えにもひどく弱かった。綾乃は決して非論理的な、感情だけでものを言うような女性ではない。そのことを常日頃嬉しく思ってはいたが、それだけに、彼女の声音《こわね》や目尻に強い憂慮や悲しみが刻まれると、太一の心は痛いほどに締め付けられた。

その日は結局、そう遠くない病院の物忘れ外来に予約を入れ、郊外の河畔に店を構えた小さなイタリアンレストランへと車を走らせた。急な遠出でへとへとに疲れたという娘を労う気持ちも込めて太一が誘ったのだが、運転は絶対に自分がする、と綾乃は譲らなかった。道中何度も、明日病院に行くの忘れないでねと繰り返すアヤに、太一はため息を抑えられなかった。

それから二週間。太一は、検査結果についての説明を受けるため、再び上京した綾乃とともに病院へと向かった——。

帰りの車中で、太一は何を話したのか憶えていない。何も話さなかったのかもしれない。何か何遍も呟いていたような気もする。子供の頃過ごした海辺の町のシルエットが、窓の外で鋭角を刻んでいたような気もする。

朝出かけるときは、今日の病院行きもこの十数日の経緯も自分はきちんと把握しているという安心感と、このところずっと抱えてきた心配を拭い切れない息苦しさとを感じながらも、相応の覚悟を決めていたはずだ。現状でも十分知的に会話ができるし判断もできる。だからこそ、病院の先生にも、診断結果を包み隠さずストレートに告げてほしいとお願いしたのだ。自身の状態を把握することは、結果がどうあれ、今後の生活のあり方を再考していくうえで不可欠なのだから、と。もし認知症と判明したなら、おそらく深い喪失感を覚え、ひどく気持ちが沈むだろうとは予想していた。しかしいま、太一は完全に混乱し、意思を圧し潰され、何を考えているのか、何をどう考えればよいのか、それを考えることさえできずにいる。家に着き、綾乃に言われるままに着替え、コンビニ弁当で遅い昼食を済ませた後は、ぼんやりテレビの前に座りつつ長い午後を無為に過ごすほかなかった。

後悔と追憶

目は冴えていた。補助灯のみの薄明りの中で書斎のソファに身を委ね、ようやく現状をそれなりに客観視できる自分が戻ってきた。少なくとも主観的にはそう感じられる。自らを批判的《クリティカル》な目で見ることはまだできるようだな、と多少の安堵を伴った苦笑を浮かべながら、太一はいま何をすべきなのかを考えている。思考を絶えず飲み込もうと襲いかかる不安と闘いながら、その不安の原因さえ想起できなくなる可能性にさらに不安を深め、太一はローテーブル上に開かれた真新しいノートに手を触れる。
今日の夕方、綾乃に買ってきてもらった分厚いノートだ。その最初のページに、大きく

◎20XA年十一月十一日、○○病院で診断を受け、アルツハイマー型認知症と判明。
現在はまだ初期段階

◎綾乃随行

◎現在の詳しい状況、そこに至るまでの経緯

◎今後できること、なすべきこと

と書かれている。この数行が自身の筆によることも明記しておくべきかとも思うが、それがわからなくなるほど病状が進んだときに果たしてこのメモが何ら意味を持つのだろうか、と少し投げやりな気分にもなる。いずれにしても、大切なことから順に、そう、忘れぬうちに、しっかり記していかねばならない。それが今後、自分が自分であり続けるための縁《よすが》となるはずだ。認知症について多少の知見はある太一はそう思案する。大切なこととは、しかしいったい何なのだろう。この数年少しずつ進めてきた思索、事故で亡くしてしまった妻、亜理紗のこと、もう何年もぎこちない関係になってしまったアヤ

1

のこと、失敗ばかり多かった半生のこと、長年会っていない友人たち、失われてしまった小さな命……。

ペンを握りつつ、太一はため息をつく。「アルツハイマー型認知症と判明」という目の前の字面に実感がない。いま、書き留めるべき事物に思いを馳せるなら、ゆらめく情動を伴いさまざまな光景が鮮明に浮かび上がる。世界は太一に開かれている。そこに欠如や不明瞭な途絶があるようにはとても思えない。だがしかし、この瞬間湧き上がってくるイメージの群れには、多く、強い痛みの感覚が付随している。アヤとの関わりと亜理紗の早世、早すぎる退職と慎ましすぎる生活、書きかけの原稿と破られた写真……。それらはもちろん、互いに無関係の事象ではない。その痛みはまたさらに、太一が米国で働いていたため立ち会えなかった両親の死、思うように進まなかったリサーチ、妻や同僚との小さな行き違い、上司との胃が痛くなるような交流、自意識過剰でバカバカしい道化を演じた学生時代、想いを寄せてくれた女の子に優しく接することのできなかった情けない自分、…………………、無数の負のイメージへと果てしなく連なり、太一をどろどろの渦に飲み込もうとする。

いや、この想起の連鎖に伴う怒りと恥辱、嫌悪と無気力こそが、鬱々と沈む心の病なのだろう、と太一は改めて自らを客観視しようと努める。自分の半生が、嫌なこと、恥ずべきことのみの連続であったはずはない。論文や業績で注目を浴びたことだってあった。亜理紗との出会いと結婚は幸せなものだったはずだ。小さな綾乃は、アヤちゃんは心がとろけるほどかわいらしかったし、学生時代の演劇サークルは文句なしに楽しかった。そうした一つひとつを、心に刻まれた形象どおりに太一は思い浮かべていくが、どうしてか、喜びや幸福感をそこに見出すことがいまはできない。乾いた焦燥とともに、理不尽な叱責をする中学教師の得意げな口元や、半ば意図《パフォーマンス》的な失敗をネタにここぞとばかりに太一をあげつらう同級生の太った喜色、「お前の言うことはぜんぜんワカらん」と憎々しげに目を逸らす小学校教師の横顔や、太一の言葉に「生意気な！」と吐き散らす父親…………否定的ヴィジョンの断片のみが浮塵子のごとく押し寄せ、内なる視界を埋め尽くす。

　こらえ切れなくなった太一は、啜り上げるように息を吸い込み、頭を幾たびも左右に振る。呼吸を整え、固く閉じていた眼を開くと、自分の筆跡で

◎現在の詳しい状況、そこに至るまでの経緯

◎今後できること、なすべきこと

と書かれたメモが目に入った。

これは何だろう。サイドテーブルのスタンドがやけに眩しい。呼吸がまた浅くなる。何か意味のあることだったに違いない。視線を引き剝がすように、努めて上体を起こし、もう一度ノートを眺めやる。そう…か、認知症だったのだ。デジタルクロックの暦で、今日がメモの日付であると確認できる。確かに診断を受けた。それを忘れていないことにほっとしながらも、メモ自体の記憶が抜けているという気味の悪さは拭えず、少し注釈を加えておかないとこれはまずいな、と太一はいつの間にか取り落としていたペンを再び握る。

それにしても、「今後できること」とはいったい何だろう。日常生活で不自由ながらも実行可能なことどもをこまごまと記そうなどと、今日の、先ほどまでの自分が考えていたとは思えない。当然それは、昨日までの自分が余生で成し遂げようと心に期していた計画、たとえばこれまで温めてきた日本論の英語論文を形にするとか、ヒトの意識についての考察を世に問うだとか、もしくは自分の半生について何らかの形でまとめる……そうしたことを「わたし」が心に描いていたというので間違いないはずなのだが、そのトピックの大切さ、面白さが、いまはまるで掴めない。いわんやそうした作業をいかに進めるかなど、一顧だにする気にならない。何かがぽっかりと抜けている。ならば、どうするか。…………。やはり、現時点での立ち位置を整理しておくことが肝要だろう……。

……そう考え、気持ちを切り替えようとした途端、つい先ほどまで心の内にあった負のイメージの群れが再び、避ける間もなく、一気に太一を呑み込む。

一つひとつの出来事が心に再生されているわけではない。けれど、一つひとつの輪郭が、悉く、ガラスの破片のように全身に突き刺さる。

痛み、そして後悔。痛み。

太一はこれまで、決して過ぎ去った行為を後悔しないよう心掛けてきた。反省はする。だが後悔は何も生まない。ありがちな信条かもしれないが、間違ってはいないだろう。

無論、悔しかったことは多々ある。あのとき別の選択をしていれば、とふと想い惑うこともしばしばだ。しかし脳を患ったいま、ただ前を向くことによっては、もしかすると何事をも乗り越えることはできず取り戻すこともできないのかもしれないという無表情な現実を前に、太一は全身の骨格が軋むような焦燥を覚えた。

父の体調が思わしくないと聞いて、すぐには日本に帰国しなかった自分、オリジナルの計画にこだわり、臨機応変にリサーチの方針を変えることをしなかった自分、演劇に中途半端にのめりこみ学業に身の入らなかった自分、明らかな誤解と偏見に基づく教師の誤った指導に立ち向かうことのできなかった自分、理解の速さを装って教師の説明をよく聞きもせず何度もしくじった自分……。ともすると誰でも身に覚えがあるような、些々たるイベントだったのかもしれない失敗の数々は、しかし、いま現在のこの状況へと至る分岐点だったのかもしれない。いや、認知症の発症とそうした分岐との関連は薄かろうが、いま、この肺腑を抉るような痛覚とは無縁の道筋が、もしかすると存在し得たのではなかったか。

だが……、太一にも誰にも、過去を動かすことはできない。
◎今後できること、なすべきこと
それを、閉じていく世界の中で実現することが、唯一、このはっきりと自覚された欠落感を埋める術であるに違いない。そうであってなお、太一の心は悔悟の色に塗り潰される。どうして自分にはできなかったのか。より良く生きることが。よくやったと、自分自身に語りかけることが。ああ、あのとき、そしてあのときも、わずかでも違った行動を取っていたならと、太一は強く、何度も、つよく念ずる。

2

みさちゃん

松の木陰に風呂敷を広げ、お弁当を食べている母娘がいる。ニコニコ嬉しそうにお握りをほおばって、お母さんにしきりに話しかけているのは、太一と同い年くらいに見える女の子だ。おかっぱ頭の前髪をピンで留め、むき出しになった白いおでこがまぶしい。太一は大きな松の幹に半ば身を隠して、少しのあいだ、見知らぬ母娘のようすを眺める。手に松脂がついて、ちょっときもち悪い。大きなクロアリがカサカサ音を立ててあちこち這い回っている。

今日はヒロちゃんが家にいなかったから、ひとりで近くの砂山に遊びに来た。近所の子供たちがいれば仲間に入れてもらうこともできるし、ひとりだって楽しいことはいくらでもある。砂を掘れば、おはじきやビー玉が出てくることもあるし、見たこともないくすんだ古銭が顔を出すこともある。砂山の斜面に入り組んだ長い溝を掘って、ボールやビー玉を転がすのも楽しい。だけど今日は、なんだかチグハグな感じの女の子がいて、松の根が迷路のように絡まり合ったいつもの場所でひとり遊びをするのはたまらなく恥ずかしいような気がした。つまんねえ、と心の中でこぼしながら、家に帰ろうかなと太一が視線を上げると、おいでおいでをしている女の子の笑顔が目に留まった。

別に従う理由なんてない。そのまま回れ右して山を駆け下りようかとも思ったのだが、あら、と振り返った母親らしき女性の「こんにちは。ひとりなの？」と尋ねるようすがいかにも自然で、太一はその場を逃れる機会を失ってしまった。

おやつのお相伴にあずかりながら、太一は母娘と言葉を交わす。女の子は「みさき」という名前で、来年小学校に入るというから、太一と同年。お母さんは「さおり」さんといって、家族でこの近くに越してきたばかりらしく、まだ知り合いが少ないから「みさきとお友だちになってね」と、やっぱり、近所へのお使いを頼むような口調で笑いかける。太一は女の子とどんなことをして遊ぶのかよくわからなかったのだが、断るのもおかしな気がして、「うん」とすぐさま頷いた。

「ひがしのくんのおうちは、ちかくなの？」と女の子、みさきが尋ねるので、「うん、

2

あっちに行くと見えるよ」と太一は駆け出して、お母さんがいるはずのグレーの瓦屋根を指さしてみせる。けれど、少女がなんだかあいまいな表情を見せるばかりなので、太一はちょっとがっかりして、

「あっち行くと、海が見える。天気がいいと、島も見える」

声を上げてまた駆け出す。

「あ、ほんとだね」

あとからちょこちょこついてきたみさきも笑みをこぼすが、またすぐに、さっきと同じように太一の顔を不思議そうに眺める。

「ひがしのくん、わたし、見たことあるよ」

どうしてか、そんなことを言い出す。

「そんなわけあるか」

「このあいだ、おイモほりに行ってたよね」

たしかに三、四日前、幼稚園の年長組で芋掘りに出かけた。みんなでバスに乗って町はずれの畑に行き、サツマイモを掘り出し持ち帰っておやつにするという、みんな楽しみにしていた行事だ。

「わたしも、母さんとおイモの畑にいたんだよ。でも、ひがしのくん泣いてたよね。わたし、どうしたのかなって」

太一は顔を赤くする。

「……イモほり、やなんだ」

小声でぼそぼそ呟いていると、

「え、泣いちゃうくらいいやなの」

みさきはどうしてか嬉しそうに目を輝かせる。

「そうじゃねえよ」

バーカ、おしえてやんねえよ、と叫んで逃げ出したい衝動に駆られながら、太一は怒ったようにそっぽを向いて続ける。

「イモムシがやなんだ。さわ先生にそう言ったのに、今日イモムシさんはあっちの畑に行ってるからダイジョブよって言うから、ほったのに、いくつもウニウニって……」

目から涙が溢れそうになる。なんだか悔しい。言葉が続かない。もう、ぼく帰るよと告げるつもりで振り返ると、小さな両手がこちらに伸びて、いきなり太一の頭をぎゅっと抱きかかえた。

「たいちくん、かわいい」

「なっ……」

太一は面食らってしまう。かわいいなんて、急に呼び名を変えるなんて、いきなり抱きつくなんて。泣きべそをかいて、こまった顔もいやな顔もされないなんて。太一は少し乱暴にみさきの手を振りほどくと、「もうかえる」と呟いて、砂山の踏み分け路を下り始めた。

「またねー」と、後ろから明るい声が追いかけてくる。何も言わずにそのまま駆け出したい気分だったけれど、なぜかそうしてはいけない気がして、太一は振り向きざま、おどけたポーズで大きく手を振った。

２０XA年十一月

「みさちゃん」の夢を見た。小学校以来会っていないから、彼女のことは何十年も意識の外にあった。いや、そうなのだろうか。俄かに自分の記憶が頼りなく感じられる。

夜明けからまだ間もない時間帯。電子時計の日付とローテーブルに開いたままのノー

2

トから、「昨日」の出来事が確かに昨日のことだったと確認する。だいじょうぶ。自分はまだ崩れていない。

窓の外で、ハシブトガラスが喧しい。アヤはまだ寝ているようだ。

美咲のことは憶えている。小学校の卒業アルバムを棚から引き出して見れば、太一のクラスとは違う六年三組のページに「河本美咲」の名前が確かにある。けれど、砂山で初めて美咲たち母娘を見かけたとき、太一は松の木陰に隠れ、すぐに踵を返したのではなかったか。一年生の入学式で、同級生の子供たちの中に、改めて彼女の姿を認めたのではなかったか。そもそも「みさちゃん」なんて、親しげに彼女のことを呼んでいただろうか。

こめかみを押さえ軽く頭を振る。階下でひとの動く気配がある。そういえばアヤが泊まっていたのだったか。太一は枕元に置いてあったボトルの水を一口飲むと、朝の身支度をしようと、再度ベッドからゆっくり脚を下ろす。うん、まだ寝ぼけているだけに違いない。みさちゃんとは、小学校に入るまで、あれから何遍も遊んだはずだ。家で飼っていた猫のミーコも、よく彼女にじゃれついていた。泣き虫なんて思われたくなかったから、一緒に外を歩いているときは、やたらと棒なんか振り回していた。近所だったたから、それなりに近しい関係は続いたが、学校ではたいてい男子と女子が別々のグループで固まっていたこともあって、親しく言葉を交わす機会は次第に減っていったように記憶している。クラスも五年生からは別々になった。

髭を剃り終えて顔を洗い、着替えようと自室に戻ると、ふと、ノートの一番下の乱れた筆跡が目に入る。

――未来において、過去に影響を及ぼすことはできないのか

どうしてこんなことを書いたのだったか……。ただ、この問いかけの背後にある発想はよく解る。高校では理系のクラスを受講し、大学受験で文系に転じた「なんちゃって理系」の太一には、物理学において、時間の進む向きが一定で不可逆であるとする理論的根拠は熱力学第二法則以外見当たらないという一般的知見があったし、では、限定的にでも逆方向に時間が進むとどんな事態が生ずるのかといった想像は、それなりに親しいものだった。いま、何らかの選択をする。それは因果律的に未来に影響を及ぼすが、もし時空が時間軸の負方向への波動の伝達を多少でも許すのなら、同時に過去にも影響が波及する可能性はある。その過去は、翻ってその後の自分にも変化をもたらす。

たとえば、いまから古い聖徳太子の一万円札を十枚、古箱に入れて縁の下に放り込ん

でおくと、認知症の自分は忘れてしまうだろうから、それを後日発見した太一は、何十年も前にこの家の住人がお金を隠したのだと推察する、もしくは、古い紙幣を気まぐれに自ら「保管」した記憶が生えてくるかもしれない。そして、現実に昭和時代の誰か、または自身の行動も……あぁ、こりゃちょっと破綻しているな、と太一は自虐的な空想に苦笑を浮かべる。特定時点の行為による結果だという物的証拠を完全に消すことは、不可能に近いだろう。そもそも、過去がそこまで安易に修正されると想定するのは、不自然というか、ひどく直観に反している。けれど一方で、お手軽な過去改変がもし実際日常的になされているとしても、我々にそれを知覚する術はない。ヒトは改変され、世界は改変され、その変更を受けた総体としてヒトは己と世界に対峙せざるを得ない。

あるいは、と太一は思い巡らす。たとえばいまからアヤに対しはなはだ理不尽な振舞いをする。こんな飯が食えるか、と卓袱台をひっくり返し、いや、家に卓袱台はないからテーブルクロスを引っ張るくらいしかできないのだが、ともかくそれで、驚くアヤに向かって、これ一回やってみたかったんだよね、はっはっは、などとシレッとした顔で言う。アヤは怒るのか、泣くのか、気が動転しているのだろうと慮って我慢してくれるのか。いずれにせよそんな行為を重ねるなら、いまでも決して高くないアヤの父親に対

2

する評価はどん底に落ちるだろう。その過程で、彼女の積み上げてきた太一についての心像は変質を余儀なくされる。そういえば、あのひとは昔から自分勝手で意地悪なところがあった、忘れていたけれど、小さな頃家族で旅行に行ったときだって、何かの拍子に振り返ると、冷え冷えとした目で母さんを睨んでいた……などと。これは、ごく当たり前の記憶の歪みや再編集のように思われるし、修正を受けているのは過去についての記憶やその印象であって、過去そのものではない。常識的にはそう捉える。けれど果たして真実そうなのか。過去に変更が加えられたという証拠はもちろんないけれど、何の変動もないまま旧い世界が維持されたという証拠もない。たとえその印象が太一自身の抱くものと食い違っていたとしても。

いずれにせよ、通常の所見では時間軸に沿った因果関係を発想の基本としているから、事後の行為から発する先行事象の改変なんて真面目に論じたなら、たちまち「トンデモ理論」の烙印を押されるだろうし、太一自身、そんな理論を本気で信じているわけではない。ヒトの意識はおそらく、正方向の時間に沿って記憶を構築し、可能な現在と未来を予見することによってしか成り立たないようにできている。その意識を起点として、いったいどんなトリックを使ったら「過去への影響」を立証できるというのだろう。

……しかし、どうしてこんな思考経路に入り込んだのだったか。太一はもう一度ノートに目を落とす。

――未来において、過去に影響を及ぼすことはできないのか

つまり、昨日太一は、昔自分がなした、もしくはなさなかった何事かをひどく後悔し、能うことならやり直したいと願った、ということなのだろうか。考えられないことではない。リセットしたいことならいくらでもある。ただ、いま手にしている身の回りすべてを犠牲にしてでも何かを変えてしまいたいとは思わない。…………………。いや……、本当にそうなのか。みさちゃんの夢は、あるいは自身のそうした願望とリンクした、遠回りの表出なのだろうか。

今朝方の夢でみさちゃんに出会った、その「思い出」は、胸の内でほんのりと暖かい……。

「アヤは、父さんの同級生で河本美咲ってひとのことを聞いたことあったかな、小学校の同級なんだが」

軽い朝食をとりながら、太一は綾乃に尋ねてみる。

「父さんが同級生について話したことなんてありませんよ」

つまらなそうに箸を運ぶ綾乃に、太一は「やっぱりそうだよな」と呟くしかない。何か明確な期待があっての質問ではない。ただ、すっきりとしない一叢の記憶に切り込みを入れてみたい。そんな漠とした欲求が問いかけとなった。綾乃は怒ったようなすましたような顔つきで口をもぐもぐ動かしていたが、不意に、

「でも、小さい頃日本に帰ってきたとき、何回かお会いした美咲さんなら憶えてるわよ」

言いながら、漬物に箸を伸ばした。

太一は驚いたような顔をしていたのだろうか。

「やだ、父さん、美咲さんのこと憶えてないの？　だいじょうぶ？」

綾乃はずっと逸らしていた視線を太一に向ける。

「美咲さん……。そうだっけ、か」

「研究か何か一緒で、昔からの仲間だって言ってたじゃない。わたし、憧れていたんだから。快活で、素敵なひとだって」

太一は額にしわを寄せて唸る。

「うーん、やっぱりちょっとまだ頭が混乱しているみたいだ。なに、多分、写真なんか見たらはっきりするよ。うん。ごちそうさま。ちょっと休んでくる」

太一はお茶を一口含んで立ち上がり、

「……アヤはいつまで居てくれるんだい？　ああ、さっき話してたっけ……」

綾乃にボソボソ語りかけながらダイニングを後にする。

3

ばっどスタート

「東野っ、授業中に喋るんじゃない!!」

英語教師の吼えるような大声に、太一は何も言わず俯いた。少し涙が目尻に滲んでいたかもしれない。悔しかった。どうして自分が憎々しげに叱られなければならないのか。授業中に繰り返し話しかけてきたのは、隣の席の秋原という女の子だ。太一はひどく迷惑していたのだ。教壇からなら、それくらい見て取れるはずではないのか。

授業中とはいえ、級友のひそひそ声での問いかけを無視するという選択肢は太一の内になかった。クラスメートを無視するなんて、そんなイヤな奴になれるはずがない。ましてや相手は女の子。小学校を卒業すると東京の方へと引っ越していった美咲にも、「女の子には親切にしなきゃだめだよ」と何度も言われた。そのたびに太一は「親切な女の子がいるんだったらな」だとか「ぼくの深いふかあい、かくされた親切が、みさちゃんにはわかんねえんだよ」などと憎まれ口をたたいたのだが。

その「女の子尊重原理」があるいはその鈴原という教師にも作用して、太一を叱りつけることになったのかもしれなかったが、もしそうなら、とばっちりもいいところだ。そんなこともあってか、中学への入学後、太一の学校生活は必ずしも快調な滑り出しとは言い難いものとなった。

学業に問題があったわけではない。親しい友人もいる。しかし、なんだかよく判らない居心地の悪さをちょくちょく感じている。それは、理不尽な叱責という一度きりの出来事による気まずさではなく、多分いくつかの状況が重なったものと思われた。ただ、その「状況」が具体的にどういうものなのか、太一にも根っこのところは掴めていない。いまはまだ四月の下旬。窓からの陽射しがようやく眩しくなってきた教室で、新たな環境に親しみ始めていた太一だったが、どんなにぼんやり窓の外を眺めていても、先生とのやりとりやクラスメートの振舞いに見え隠れする奇妙な齟齬や距離感について、気付かぬ振りを続けるのはちょっと難しくなっていた。

S市立鏡原中学校には主に二つの小学校から生徒が集まっている。太一のいた樫岡小

3

がそのひとつ、もうひとつは町の中央に近い白川小だ。小学校の頃からずっと仲のいい友達とは、相変わらず休憩時間ごとに群れて、お笑い番組や漫画やプロレスや部活や流行歌や流行りのお菓子とコマーシャルソング……何でも思い付くままに喋り合っていたし、白川小出身の生徒とも結構親しくなっていたのだが、どうしたわけか、一部の生徒の態度がやけによそよそしいことに太一は気付いていた。樫岡小のかつての仲間、特に町のサッカーチームに一緒に参加し、よくわからない理由で一斉にチームを退いた男子生徒たちがいたのだが、彼らとその周辺が妙にぎこちない。あのときは、同級生たちのいなくなったチームに嫌気がさして、結局太一自身もやめることになってしまった。その彼らとの会話に、不自然な壁があるように感ずる。チームをやめたすぐ後だって、こんなことはなかった。その違和感はちょっとうまく形容できない。一応の対話は成立する。話すのを特に嫌がっているというわけでもなさそうだ。けれど相手はいかにも話しにくそうに、わずかに口元を緩め目を逸らしながら、当たり障りのない受け答えをする……。

原因は不明。気のせいかもしれないし、何か一時的な事情があるのかもしれない、と初めはちょっと気になる程度だったのが、十日も続くと隔意がはっきり感じられるようになる。二十日も続くと、今度はなんだか日常的な距離感のようにも思えてくる。気にかけるのがかえってバカバカしくなってくる。悩んでいてもわからないし、別にもういいや、と太一は煩わしさを放り投げることにした。

それというのも、太一にとってはもう少し深刻な事態が目の前で進行していたからだ。ひょっとするとそうしたゴタゴタが彼らの気まずそうな態度と関連しているのかもしれない。そう思案もしたのだが、やっぱりわからないものはわからなかった。

入部希望

たいていの中学校と同様、鏡原中でも生徒は何らかのクラブ活動に参加するよう義務付けられている。新入生は、ステージでのクラブ紹介の後、最初の二週間で各自の入部希望を担任教師に提出し、志望者数に際立った偏りがなければ、それぞれが希望どおりのクラブに入部することになる。

サッカーをまたやりたかった太一ではあるが、「鏡中」にサッカー部のないことは予め判っていた。だとしたらどのクラブを選ぶのか。太一は自身に何か心づもりがあるように思い込んでいたのだが、実際に希望を出す段になって、何も決めていないという事実にふと気が付いた。文字どおり、ふと気付いたのだ。どうしてそんな間抜けな勘違いをしたのか、我ながら信じられない。いや、順ちゃんたちと、どこのクラブにするか確かに何度か話したし、そのときは、やっぱテニスかなあ、でも弓道もいいかも、弓道場ってあんましないみたいだし、などと口にした覚えがある。そのうえで、じゃあどういうつもりだったのかと自問すると、何かすっぽりと抜け落ちたような感触があるのみで、ただどこからか、ホラ、何をやりたいのかきちんと最初から考えてみろと促されているような心地がする。

仕方ないので、第一希望は「要相談」、第二希望は「吹奏楽」と書いて提出すると、昼休みに職員室に来るよう、翌朝のホームルームで担任の片岡先生に言われた。ホームルームの後にでもちょっと立ち話すればいいだろうに、と太一は思うのだが、いずれにせよ「要相談」と書いたのは自分なのだから、話し合いはせねばなるまい。

「部活の希望だが、『要相談』と書かれた希望届けを見たのは初めてだ。こりゃどういうことかな」

昼食度、職員室を訪れると、片岡教諭は少し面倒くさそうに言葉を吐く。

「そのまま、相談が必要という意味ですが」

太一が控えめの声で答えると、

「そんなこたあわかっとる。クラブの選択でどういう相談が必要なんだと、そう聞いてるんだ」

当たり前のことを言わせるなとばかりに、怒ったような口調でわずかに口角を上げる。

話すべきことがらを頭の中で整理しながら、太一が数秒黙っていると、

「べつに怒ってるわけじゃない。何を相談したいのか言ってみろ」

困ったような呆れたような顔をしてみせる。

「ですから……まず、」

何を頓珍漢な勘違いをこのひとはしているんだ、と太一は思うのだが、

「入りたいクラブが見当たらないんです」

そう言ったうえで説明を続けようとすると、

「それは、どこの部活もやりたくないということか」

少し、いや、かなり解釈の歪んだコメントが飛んでくる。

3

「お前がどう思おうと、やってみれば部活は楽しいことが多い。それにな、部活は生徒全員がやることになっとる。例外を認めるわけにゃいかん。この第二希望の……吹奏楽はどうなんだ」

届け出用紙を指の背で叩きながら片岡教諭が猿のような顔を赤くする。

「いえ、やりたくないということではなくて」

なんだか意思を伝える気力がすいと後退する。

「運動系の部活を元々は考えていたんですけど、一番やりたかったサッカーがなくて、それだったら吹奏楽もいいかなとも思ったんですが、中途半端な志望もあんまりよくないような気がして、他に何か方法がないかと……」

少し投げやりな気分になって、言葉に力が入らず早口になったせいかもしれない。

「そのための見学期間と希望届けだろう、東野。ふざけてんのか。部活はここにあるこれだけしかない。お前が気に入らないからといって、誰かが何かしてくれるほど世の中あまくない」

担任教師の赤ら顔が笑いの形に歪む。ああ、このひとには何を言っても通じない、という確信が太一の胸に浮かぶ。

「わかりました。だったら、希望はそのまま吹奏楽ということでいいです」

汚泥が肺の底に付着しているような不快感を抱えたまま太一は一礼し、職員室を後にした。


「タイチ、先生の話ってなんだったんだよ」

「それがさ、聞くも涙、語るも涙」

「モノガタリしたんかいっ」

教室に戻るとすぐに島田くんが大声で問いかけてきた。

「いや、部活の希望に『要相談』て書いたら……」

「ヨーソー団てなんだよ。そんな部活ぁねえぜ」

「だから、相談が必要って意味だよ。それで、先生が相談に乗ってくれるのかと思いきや、全然、なんにも、まるっきりこっちの話が伝わらん」

「だけど普通、『要相談』なんて書かないんじゃない」

そばに座っていたキョンちゃんこと梨木京香が、なんだか楽しそうに口をはさむ。

「俺も書きたかったわけじゃないんだけどさ、つまり……、たとえば、だな……」

3

「ホレホレ、はよ言え」

「だから、たとえば、第二志望の文化部をやりながら、生徒だけのサッカーのグループを作るとか、そういうことできないかって相談したかったんだよっ」

「それ、無理なんじゃないかな」

後ろから級長の添島くんがボソッと声をかける。

「そうかな、文化部だったら、部活の時間が長くないのもあるし、何とかなるんじゃないかなあ」

「ぃやさ、時間的な問題じゃなく、制度的というか、それ認めると部活に関する校則を変えたり先生側の対応を決めたり、なんだかんだ難しいと思うんだよね。頭固いしさ」

「俺たちの好きにやらせてくれればいいじゃんかよ」

島田くんが不満げに口を歪める。

「シマの好きにできる世界って、住みたくないって」

いつの間にか近付いていた根本さんが島田くんの背中をパシンと叩いた。

「とにかくさあ」

太一は先生に伝えられなかったことをせめて言葉にしておきたい。

「俺としては部活やる気十分なんだぜ。ふつうひとつだけの部活を二つできないかって話そうとしてるのに、『部活をやりたくないのか』なんて言うか？　ひとの話を聞けっての」

「東野くんがもう一回きちんと話したら、先生もわかってくれるんじゃない？」

京香が至極まっとうな意見を小声で口にするが、あの真っ赤に茹で上がった片岡教諭の顔を思い浮かべると、もう二度と話す気になれない。

「ちょっと無理かな。キョンちゃんが話すならともかく、俺のことは『曲解したいです』って顔だったし。あ、『曲解』って、いまの場合ピッタリな気がする。初めて使った」

太一は女子生徒のなかで、京香だけを小学校の頃からのちゃん付けで呼んでいた。どうしてなのか、よくわからない。ちゃん付けで女の子を呼ぶ照れくささはあったのだが、かといって彼女を名字で呼ぶのにも抵抗がある。

「そのうち、文にして提出するとか、一応考えちゃみるけどさ……」

ふてくされたように京香から目を外して、

「うちのクラスの担任にはサルが憑いているような気がするんだよな。うん、あの理性

3

のなさは、サル憑きに違いない」

そう太一はうそぶく。

「豊臣秀吉と一緒だね」

微妙にわかりにくい根本さんの発言に、

「そりゃダメだ。サルじゃなくてエテ公にしよう。よし、今日からエテ岡と呼ぶぞお」

楽しそうに島田くんが叫ぶ。

のーぉいっといズんと

四月中のトラブルは他にもあった。トラブルというほどのものではなかったのかもしれないが、太一は「ああ、やっちまったかなあ」と、かなり気にすることになる。

中学に入る前から、太一は少しだけ英語を学んでいた。英語教室に通ったり、先生についたりしていたわけではない。最初は、間歇《かんけつ》的に教育パパ病を発症する父親の影響で、ABCを練習したり、子供向けの英語ソノシートを聞いたりはしていたのだが、地方育ちの子供の例にもれず、心のどこかでは、英語なんて話せるようになるわけない、と頑なに思い込んでいたように思う。

それがどうしたわけか、「英語って練習していればちゃんと話せるようになるんだ」と、突如確信を抱くようになる。前の日に見た映画の影響かもしれなかったし、前の晩に見た夢の中で自分が英語を話していたような気もする。俄然英語に興味が湧いてきた太一だったが、いかんせん、英語をさらに学習するための手段が周りにほとんどなかった。唯一目についたのが、父の昔使っていた缶入りの英単語カードと、擦り切れたリンガフォンのレコードだった。太一は暇な折々、そのレコードに何度も耳を傾けるようになる。

会話の実践を積んだわけではなかったから、中学校に入ったばかりの太一は英語なんてまだほとんど話せなかったが、それなりの耳と発音の訓練は重ねてきたわけで、あからさまな日本語訛りの英語をひどく不自然に感ずるのは当然のなりゆきだった。

その頃、鏡原中学校では英語教師が不足していた。そこで国語の鈴原教諭が、自らは免状を持っていない英語の授業を受け持つことになったらしい。その「柔軟な」対応の是非はともかく、誰もそれに異議を唱えなかったし、あるいは他に簡単な解決法が見つからなかっただけなのかもしれない。

そうした措置をごまかすためか、公正を期すためか、鈴原教諭は最初の授業の日、私は英語教師ではありませんが英語が得意なんですと前置きして教室をギョロリと見渡し、いきなり英語で何やら話し出した。自己紹介と、中一でどんな表現を学ぶのか、英語は楽しくていろんな国のひとと友達になれる……みたいな内容で、初めて接する英語に同級生の幾人かが息を呑む気配が伝わってきた。けれど、その発音はまるで英語風に舌を丸めた日本語でしかない。太一はなんだかいたたまれなくなって、教科書の表紙にずっと目を落としていた。

「みんなも、一年間勉強すれば、これくらい話せるようになります」

自慢げに目をくるくる回す教師を見て、太一はつい、左斜め後ろに座る京香を振り返ってしまう。彼女もまた英語を学習していたことを太一は知っていたからだが、キョンちゃんは首をわずかに傾け、困ったように笑みを浮かべるばかりだ。

もちろん、だからといって先生を批判しようとか反抗的な態度をとろうとか思ったわけではない。

英語の授業では、先生が教科書を読んでクラス全員がそれをリピートする。生徒を指名してテキストを読ませ、日本語に翻訳させる。内容に応じて先生が文法や単語の解説を加えていく。全員での合唱のときは、先生と違う発音をしても、よほど大声でなければバレることはない。でも三回か四回の授業に一度くらいは、どの生徒も必ず「当てられ」て、ひとりで教科書を音読することになる。

それはごく単純なテキストだった。中一の一学期なのだから当然ではある。

Is this a pen?

Yes, it is.

Is that a pencil?

No, it isn't.

その日「当てられた」太一が立ち上がって読んでいると、そこで待ったがかかった。

「このイズとノットは、既に省略形でくっついていますから、イットとイズがくっついて発音されることはありません。『のーぉ・いっと・いズんと』と言いなさい」

子音にたっぷりの母音をつけ、「ズ」に強烈なアクセントというおまけまで加えて、鈴原教諭は太一に読み直しを求める。一瞬面食らった太一だったが、仕方ないなと思い直し、指示どおりにするしかないかとひっそり息をつく。

が、その瞬間、「ダメだ。絶対に恥ずかしい」という感情がいきなり湧き上がってきた。

「どうした、東野」

怪訝な顔で促される。

「言えません」

太一は勇気をふり絞って口にする。先生をチラリと見ると、目を剥いたまま固まっている。写楽の市川蝦蔵のようだ。切手でおなじみの顔だ。

「そんな恥ずかしいことは言えません」

説明を加えるが、ちょっと言い方がまずかったかなと思い、どうやって切り抜けようか迷いながら、

「Because no one says it that way…」

下を向いてそう呟いてしまった。

20XA年十二月

あのときはちょっと焦ったなあ、と独り言《ご》ちながら太一は目をこする。

中学校の頃の夢を見ていた。このごろ、どうしてか昔の鮮明な夢を見る。数日かそれ以上にわたる長い夢のこともある。とても一晩で見たものとは思えない。時の流れが、夢の中では変わるのだろうか。流れには緩急があったような気もする。

あの授業で鈴原先生は「少し英語をかじったくらいで……」とか小声で呟き、一瞬口を噤んだ。太一は次にあの蝦蔵面《づら》から何が飛び出すのか、じりじり圧に耐えながら立っていたのだが、幸いそのタイミングで終了のチャイムが鳴り、先生は「今日はここまで」と言い捨てて教室を後にした。

あのクラブの件も英語の件もホントに悔しかった。太一は小さくため息をつく。クラブについては、まあ、吹奏楽でペットも結構上手くなったし、英語の授業については、あの後、少なくとも自分の知る限りで目立った変化や叱責はなかったはずだから、はて、そうするとあんなに悔しかった理由はどこにあるのだろうと、ふと太一は訝る。ちょっと嫌な気分が残って先生や一部の生徒とはしばらくギクシャクしてしまったが、そんなことを気にしたはずはない。

もう一度思い返してみる。あの頃感じていた心地悪さには、今朝の夢での出来事も大いに関わっていたことに思い当たる。それは、先生たちが、もしくは一部の教師が、太一を一種の問題児扱いしていたという状況に重なる。そのことが判明したのは一学期も終わり近く、担任教師と保護者の面談でのことだ。問題児といっても、素行が悪いとか反抗的とかいうのでは必ずしもない。甘やかされて育った、扱いにくい軟弱な子供であるかのように受け止められていたらしい。多分、英語の授業で叱られたとき、わずかに、本当にわずかに涙が浮かんだことを見とがめられたり、クラブを決められずにぐずぐずしていたり、入学してすぐに自転車のチェーンに脚を引っかけながら転倒したおかげで脚にうまく力が入らぬまま体育の授業を受けたため、まともな走り方さえ知らないおかしな子供と見做されたりと、いくつかのことが積み重なった結果だったようだ。

面談があった日、母、喬子は収まらぬ腹の虫を吐き出すように「なんなの、あの先生。恥ずかしい。偏見と憶測ばっかり。最低限の冷静な観察と客観的な判断くらい教育者としてできないのって、言ってやりたかったわ」と、帰ってくるなり太一と妹の明花《さやか》に叱えかかった。なんでも、息子さんは普通とちょっと違うようなので、接し方に困っているみたいなことを、一応はていねいな口調で伝えられたらしい。

「なんて言ったかわかる？　お家のひとが宿題や課題を代わりにやるようなことはなさらないでくださいって、バカなんじゃないないの。手伝ったこともないっての。そう言っても、あれは私のこと信用してない目だったわね。ああ、腹が立つ」

言いながら、帰りがけに買ってきたタイ焼きをテーブルにずらり並べると、母はニコッと笑って「あんたたちも食べなさい」と、両手に二つ握ってぱくつき始めた。

入学間もない頃は、そうした先生たちの視線について、太一には推察する手掛かりさえなかったわけだが、母親の話を聞いておおよその事情を察した後も、さほど気に病むことはなかったように憶えている。確かに、かなり強烈な嫌悪感を抱きはしたが、結局のところ中学校の先生は太一にとって元々そこまで身近な存在ではなかったし、普通に接してくれる教師も少なからずいた。島田くんや順ちゃんなど親しい友人や家族が、どう間違っても自分を軟弱者扱いなどしていないという事実は、偏った見解もいずれは消えてなくなるだろうという楽観を太一に抱かせた。

だから中学生の頃、太一は年齢なりの感情の揺れを持て余しつつも、基本的にはごく

3

平坦な「田舎町の中学校」らしい毎日を送っていたと自分では思う。ただ、テニス部の部活や英語の授業で、または一部の生徒との交わりにおいて、悪い意味で思いもよらぬ言葉や態度に遭遇することがあり、幾度もうんざりさせられる羽目になったというにすぎない……。

あれこれ思い起こしては何やら呻いていた太一だったが、そういえば、いま自分はテニス部所属だったと考えてはいなかったか、とふと思い至る。中学の部活は吹奏楽ではなかったか。だけど、トランペットは高校に入ってから始めたような気もする。いや、テニスは大学で……。ああ、また混乱してきた、と頭を抱える。

このごろ昔の夢を見るたびに、目覚めて後、心の焦点がぼやけ事実のあやふやになる瞬間がある。ピンボケ状態が長く続くことはないものの、これも病理の進行に伴う症状なのだろうかと、不安が黒い染みのように広がる。

……けれど、これを自らの混乱と捉える必然性はあるだろうか。

下降していく気分が何かにガツンと当たったような感覚を覚え、太一はベッドで姿勢を正す。なるほど混乱ではあろう。しかしその由来を決めつけて、自らを否定的に受け止める必然性などどこにもない。別の解釈が一応の整合性を持つなら、その解釈の開く世界に身を委ねても不都合はないはずだ。ちょっと頭がいかれているように傍から見えたとしても、それでポジティブになれるなら大した代償ではない。

そう考えると、太一の心は一挙に軽くなった。悩むことはない。混乱は、そこに混乱があったからこそ混乱となったはずだ。その元々の混乱が、自身の記憶自体にあると断定する必要はあるまい。世界にこそ混乱があった。だから記憶に乱れが生ずる。記憶が完全だなどと自惚れるつもりはない。しかし、混迷をすべて我が身に由来するものと見做すのは、それこそ鬱の深みに果てしなく沈んでゆく原因となろう。鬱々と暮らすデプレッション爺《じじい》など、誰が相手にしてくれるだろうか。

朝の支度を済ませると、太一は鼻唄を歌いながら階下のキッチンへと向かう。

「今朝はごきげんね」

朝食のテーブルを整えながら、綾乃が目を見開いて笑いかける。数日前から、太一の身の回りの世話をするため滞在している。

「ああ、いいこと思い付いてね」

厚切りのトーストをほおばりコーヒーを啜って、太一はほっと息をつく。

「過去は変えられるのでは、って話なんだが」

「そんなの無理でしょう」

綾乃は柔らかな表情を崩さないが、口元に戸惑いが見える。

「ああ、無理なんだけれどさ」

どう話したらいいのか、太一はためらい、オムレツをつつきながらコーヒーを口に含む。

「えっとね、アヤ、不条理な話というのはわかったうえで、父さんは話しているんだ。そこまでボケてはいないから」

太一の前置きに、綾乃は眉をわずかにひそめて頷く。

「そんな深刻なことじゃないよ。ちょっとした心の健康法みたいな……。近頃、ときたま記憶が乱れるのは、アヤも気付いているだろうけれど、過去が実は変化していると仮定すると、その混乱がうまく解消されるというか……」

「うーんと、思い違いなんかは過去が変わったせいだっていうこと？　それはでも、父さん、牽強付会《けんきょうふかい》ってものじゃなくって？　ホントに矛盾が解消されるんじゃなくて、自己満足にすぎないみたいに思えるけどな」

「確かにな、しかし、自己満足でも、そういう可能性を考えると精神が安定することもあるんだよ。別に実害はなかろう？」

太一は自分の言葉にもどかしさを感じている。あの晴れがましい解放感はどこかへ消えてしまった。自分はいい加減な辻褄合わせをしているだけ。事実は重く鈍重でなければならない。その、憎々しくも不動の何かについて、それでも太一は一応の抵抗と確認を試みる。

「父さん、トランペットをいつから吹いていたって、アヤに話したっけ」

「高校のサークルでしょ。あ、じゃなくて、最初は中学って言ってたかしら……」

「アヤの記憶も父さん並みだな」

「わたしだって、よく憶えてないこともありますよ。父さんの楽器遍歴なんて興味ないし」

下降しかけていた太一の気分はいくらか上昇する。過去の改変理論も、捨てたもんじゃないのかもしれない。けれど、綾乃の頼りない記憶を根拠に、その話題をもう一度蒸し返す気にはなれない。

3

「ところで、父さん、昨日も言いましたけれど、わたしは今日のお昼過ぎに長野に帰りますから。今日明日のお食事は冷蔵庫に用意してあるから忘れないでね。あと、昨日お会いしたヘルパーさんが週に二回来てくれることになったし、近くにコンビニもあるから、とりあえず生活に支障はないと思うんだけど、困ったらいつでも電話してくださ い」

ダイニングのテーブルにノートを広げ、ここに書いてあるからね、と連絡先やヘルパーさんについての情報を綾乃は指さす。綾乃の予定がまるで頭から抜け落ちていた太一は「ああ、わかった」と訳知り顔に頷いて、冷めた汁粉のようなコーヒーを飲みほした。

4

写真

退官してからも、年末が近付くと大掃除や新年の買い物で多少は世間並みの慌ただしさを味わってきた太一だったが、今年は綾乃やヘルパーさんの作業をいくらか手伝っただけで、手持無沙汰に古い写真や資料を引っ張り出しては、整理の真似ごとをやってみたりしている。

正月の二日まで誰も訪ねてくる予定はない。散歩するなり、テレビを見るなり、寝坊するなり、初詣に出かけるなり……、気ままに過ごすことができる。本当なら、飲みに行くなり、旅に出るなり、女性の友達を作るなりと言いたいところだが、ダイニングのテーブルにも玄関の靴箱にも、「お酒はたしなむ程度」、「外出時には携帯電話を忘れない」、「日をまたぐ遠出の場合は必ず綾乃に連絡」などと貼り紙があり、どうにも外出の意欲を削がれる。無論、現状は把握しているから、不満はない。……不満はあるが不平は洩らさない。まあ、年末年始くらい心も体ものんびりさせてもらうさ、と太一は足元のヒーターのスイッチを入れ、書斎の机上に積み重ねられた写真の束を一枚一枚めくってゆく。

太一には、今は亡き妻の亜理紗にも、アヤにも話したことのない恋愛の思い出があった。米国東部の大学院に留学してまだ一年ほどの頃だ。

史学を学び、授業を受けつつ、アメリカでの日本人移民と他の移民、特に東洋からの移民グループとの関わりをテーマに研究準備を進めていた太一だったが、大半の大学院生が寮《ドーム》で暮らし、院生、学部生を問わずカフェテリアで三度の食事をとるという環境だったから、さまざまな学科の、さまざまな国籍を持つ学生たちと自然に親しくなる。シェリーもそうしたカフェテリア仲間の一人だった。中華系の母とアイルランド系アメリカ人の父を持つ機械工学専攻の大学院生で、はにかんだ笑顔のかわいい快活な女の子というのが、太一の抱いた第一印象だった。

留学時代はそれなりにたくさんの写真を撮ったが、シェリーの写っているものは数葉しかない。デジタルカメラのない時代だから、フィルムの残数や現像料金を考慮したうえで一枚ずつ慎重に撮影していたという背景もある。しかし、彼女の姿をカメラで追うことに気後れを感じていたという理由の方がむしろ大きい。それは、太一がシェリーに魅かれていたからだ。

魅かれながらも、太一は自分の気持ちに蓋をするよう努めた。それにはいくつかの根拠があったはずなのだが、いまにして思えば、どうして自分はあんなに頑なだったのかと首を傾げずにはいられない。

写真のシェリーは白い歯を見せて笑っている。その笑顔が少し寂しそうにも見える。いま彼女はどうしているだろう。彼女の想いを傷つけてしまった太一のことを、ときには懐かしく思い出してくれることも……あるだろうか。

シェリー

留学一年目を終えてようやくいくらか心のゆとりができた。英語力も専門知識もまだまだだし、夏休み中も短期セミナーを受講する予定だから気を抜くわけにはいかない。

4

けれど夏学期の開始までひと月近くある。今年日本に帰国するつもりはないから、多少の気分転換は精神衛生上むしろ不可欠だろう。

夏休みにあたる六月から八月までの三か月間も、寮とカフェテリアは原則として開いている。一定数の学生、特に大学院生はキャンパスに残るし、夏期セミナーには学外からの学生も集まる。加えてスポーツチームのキャンプやハイスクールの生徒を対象とした特別講習など、さまざまな活動やイベントが催され、相当な人数が広いカフェテリアを利用することになる。

そんな情報を同じ寮の友人たちから仕入れていた太一だったが、いまはまだ春学期が終わったばかりで、昼時のカフェテリアも閑散としている。朝寝坊して朝食抜きだったこともあり、太一はフライドフィッシュやサラダを山盛りにしたトレーを手に、誰か知り合いはいないかと構内を眺め回す。広い芝生に面した窓近くのテーブルに、大垣さんと真琴さんの姿が見える。こちらに小さな背を向けているのはシェリーだろう。

大垣さんはこの大学院に三年前から在籍している先輩で、経済学専攻。真琴さんは数学専攻で太一の同期。いずれも日本からの留学生だ。シェリーは二人に向かい手振りを交えて何やら懸命に話している。ホントにひどいんだから、などと口にしながら、なんだか嬉しそうに見える。

太一はトレーをシェリーの隣に置きながら声をかける。

「タイチはどうかな。適任だと思うよ」

ハイ、と返した大垣さんが、シェリーを見ながらそんなことを言う。

「なんの話ですか」

太一が尋ねると、

「シェリーは運転免許証《ドライバーズライセンス》が必要なんだってさ。今日明日からでも誰か教えてくれるひとはいないかってことなんだが」

「みんな忙しいんだよね。シュウはライセンス持っていないし」

真琴さんが補足してくれる。修《しゅう》は大垣さんのファーストネームだ。

「え、シュウたちは免許持ってないのか」

後ろから、トレーを抱えたままクリスがしゃがれ声を上げる。

「日本じゃあ、そんなに珍しくないんだよ。車なしでも生活できるし」

「うちは過保護なんだから。運動神経ないのにすぐにあちこち気を散らして動き回るからって、二十歳を過ぎて落ち着くまで運転禁止だってダディが言ってたのよ。ひどくない？」

「そりゃシェリーの保護じゃなくて、歩行者や環境の保護が目的だろう」

大垣さんの隣に腰を下ろしながら、食べかけのアイスクリームを手にしたテオがシェリーを見てへらへら笑う。香港からの留学生だ。クリスもうんうん頷いている。

「きっと両方じゃないかな」

まっすぐな顔で答えるシェリーに頬を緩めながら、大垣さんは、

「話を戻すと、シェリーは運転の練習が必要ってことで、タイチ氏を先生として僕は推薦したいんだが」

と、太一のトレーからフレンチフライを摘まみ上げる。

「いや、やるのは構わないけど、そもそもどうして運転免許が必要になったのかな」

「絶対ってわけじゃないんだよ。あった方がいろいろ都合がいいってことで……」

シェリーの言い回しが要領を得ないと気になったのか、

「きちんと話すと結構長くなるのよ。シュウとわたしはこないだ聞いたから、だいたいわかるんだけれどね」

真琴さんが口をはさむ。

「あれ、もうみんな食事は終わり？」

ニーナが長身を折り曲げながらバックパックを下ろし、太一たちを見回した。

「クリスはまだファーストラウンド《おかわりしていない》だから、当分かかるよ」

テオはそう言いながら立ち上がり、テーブルの皆に尋ねる。

「みんな、何か欲しいものはあるかな。シェリー教授のレクチャーがあるみたいだし、俺はもうちょっとアイスクリームもらってくる」

大垣さんはコーヒー、真琴さんは紅茶、シェリーはアイスクリーム、太一はコーヒーとアイスクリームをそれぞれ頼んだ。

シェリーや大垣さんによると、そもそもは、生態学的最適均衡化《エコロジカリーオプティマルバランスト》システム計画とかいう大層な名前の付いたオンキャンパスの学際プロジェクトがあるということで、そこに機械工学担当として院生のシェリーも参画しているらしい。「結構オープンで、学生の教育も兼ねたプロジェクトなんだけど」とシェリーは言うのだが、具体的な最終成果の実現を目指すよりは、むしろ広範なフィールドにわたる自由な発想で近未来社会の基盤構築を科学技術的に考えていこうという構想らしく、いくつものチームがさまざまな分野で研究・探求・制作に勤しんでいる。学生による新たなテーマの提案も大いに受け入れているという話だ。

たとえば、エネルギー生産から消費、廃棄までの全体を視野に入れた都市計画の策定や、人力から原子力まで、各種電源を相互補完的に統合する電力システムといった大規模な社会基盤についてのリサーチもあれば、省エネ家電のような実用化可能な道具類の設計と制作を手掛けているメンバーもいる。中にはSFまがいの構想もある。太一が特に面白く感じたのは、ゆっくり動く海の首飾り《スロームービングオシアニックネックレス》というプロジェクトだった。

「たとえばカリブ海とか、太平洋とか、島がたくさん連なっている広い海域を、真珠の首飾りみたいにたくさんの船でつなぐんだよ。つなぐって言うか、輪になった海上ルートを一定の間隔で航海する超低速船のシステムを作るみたいな」

「大きくて頑丈で遅い船って話だったよね」

シェリーの説明に真琴さんが言い添える。

「そうそう。船には燃料も積まれているけれど、太陽光発電や波力発電や深海との温度差を利用した発電なんかの設備を備えていて、あ、それに小さめの帆も付いている。そんな船はまだないけれど、そういう構想ってこと」

「大きい帆じゃだめなんだ」

太一が問うと、

「なんでも、航空母艦ばりに小型機の離着陸が必要で、大きなマストは邪魔って話だったね」

大垣さんが答える。

「そう、船はすごくゆっくり動くから、エネルギー消費は最小限でほぼ自給自足、ただ、それだけだと不便だから、船と船の間とか、船と港の間で飛行機や小型艇が行き来できるようにするの。帆が小さいのは、船速が遅くていいってのもあるんだ」

「で、その首飾りを掛けてやったら、地球はどうなるの」

テオがそう尋ねる。相変わらずアイスクリームをちびちび舐めている。

「それがよくわからないんだけれど……」

「えっ、エンジニア的自己満足《マスターベーション》とか？」

「ちがうって。変なこと言わないで。いろんなことができるっていうのが大事で……。保存のきく資材、鉱物とかね、その運搬はもちろんとして、航路沿いの島に緊急時に資材を届けたり、システム全体を資源のストックとして活用したり、のんびりの航海だから海底や海中の資源開発や調査をしたり、うん、そういえば食料の自給を目指すっていう話もあったかな。あと、島嶼民《とうしょみん》や船舶の避難所になったり、航路沿いの国の学生や研究者の交流する場となったりとか……」

「そうなると、僕が想像していた以上に頑丈で巨大な船、というか海の動く要塞みたいなものになるんじゃないだろうか」

大垣さんがコーヒーをズズッと飲みほす。

「だから、意見もまちまちで、いろんなバージョンの立案があるからよくわからなくなるんだよ。基本的にはルートに沿った海域の利用と開発、……環境に配慮したうえでの開発ってことだけど、それとセットになった海の広域インフラを作るのが主眼で、そのためにほぼ無人に近いシステムにするのか、海上都市みたいなのを目指すのか……」

「普段は無人で、状況に応じてひとが集まれるようにするのが最適じゃないのかしら」

食事が終わったのか、それまで話を聞くばかりだったニーナがナプキンでていねいに口を拭きながら尋ねる。

「うん、そういう意見もあるけれどね。緊急に備えた食料の継続的な備蓄とか、海洋資源の開発みたいな重要な目的を切り捨てるのはもったいないから、間を取った提案が多いかな。あと、強度と耐久性の問題から、船型にするか半潜水型にするかとか……」

「いずれにしても、いまのままの体制と技術では難しそうね」

真琴さんの感想にシェリーがコクコク頷いていると、

「で、その船や潜水艦の運転免許がシェリーは必要なの？」

目の前に三枚のトレーを重ねたクリスが笑う。


シェリーがいま参加しているのは、ソーラーカーや太陽光補助車両《ソーラーパワーアシステッドヴィークル》、略称ＳＰＡＶの制作プロジェクトなんだという。「首飾り」プロジェクトは、残念ながら現時点で機械工学が関与するような段階にはないとのこと。昼食後、場所を変えて寮《ドーム》のロビーでシェリーと真琴さんと向い合せのソファに腰かけ、太一は改めて運転免許についての話を聞く。

「ソーラーカーは太陽電池でモータを動かす車ね。ＳＰＡＶは、このプロジェクトだと太陽電池や人力の発電を補助動力として使う水陸両用車みたいな乗り物かな」

「その運転をするんだよね」

真琴さんが改めて確認する。

「そう。ソーラーカーの方はもう走行テストの段階で、でもパワーがあんまりないから運転手はできるだけ軽いひとがいいっていう話なの。体重が。チームの中だとわたし一番軽いから」

「だけどその車に免許は要るの？」

太一が疑問を口にすると、

「いまのところ公道を走っていないから必要ないんだけれど」

シェリーは困ったように眉を下げる。

「許可が下りたら公道を走ることもきっとあるし、運転の一般技能を身に付けておくのは役立つし、わたしも免許を取っておきたいし……」

「わかった。いつから始めればいいのかな」

「明日筆記試験を受けるから、明後日はどうかな」

「試験に落ちたらどうなるの？」

真琴さんが素朴な疑問を投げかける。

「それはない《ノーウェイ》」

太一とシェリーの声がかぶった。

「すごく簡単《ピーソヴケーク》なんだから」

真顔で付け足すシェリーから太一へと視線を移しながら、

「いいな、太一くんはシェリーとデートかあ」

真琴さんは日本語に切り替えておかしな感想を洩らす。

ワシントンDC

夏学期が始まるまでのひと月は楽しかった。

最初は毎日少しずつ、その後は二、三日に一回ある程度まとまった時間を使って、シェリーの運転練習に付き合った。車は、太一が半年ほど前に買った中古の青いオールズモビル。クラッチの切り替えがシェリーの短躯では難しいらしく、慣れるまで結構手間取った。少し自信がつくと、「ついでだから」といってショッピングモールや食料品店《グロサリー》にもときどき立ち寄る。モールでシャツや小物を買った後は気分がちょっと高揚するらしく、運転がかなり雑になる。太一は何度も大声を上げて注意することとなった。ひどく疲れる。

もちろん、ひと月の間遊んでばかりいたわけではない。仲間内の小さなパーティなど

4

も何回かあったが、夏学期に受講するドイツ語コースに備えての予習、修士論文の構想を練るための読書とメモの作成、キャンパスのあちこちで利用できるようになっていたワープロソフトの学習など、やることはいくらでもある。それでも、学期中よりはゆったりとカフェテリアで過ごし、友達と雑談を交わす毎日は、留学最初の年で緊張を強いられてきた太一にとって久々にリラックスできる時間となった。

夏学期の開始まであと一週間ほど。午前中、シェリーの運転免許試験に同行する。さほど広くないDMVの室内で本を読みながら待っていると、

「ライセンスもらったよ！」

シェリーが元気に太一の頭を叩く。

「よかったね。じゃあお昼でもご馳走しようか」

駐車場へと歩きながら太一が提案すると、シェリーはすっと太一の腕に手を伸ばして、お気に入りのパンケーキハウスに行こうと誘い、ご馳走するのはわたしだよと言いながら当然のように運転席に向かった。

道中しばらくは二人とも無言だった。休暇がもう少しで終わってしまうという、寂し

さと焦燥を織り交ぜたような触感が胸の底にあった。シェリーのドライビングレッスンが終わってしまうのが残念であるような気もした。

「ねえ、タイチ」

運転しながらシェリーが少しかすれた声で呼びかける。

「いまから、このまま……DCに行こうか。一緒にスミソニアンを見たいな」

冗談とも本気ともつかない口調で、口元をわずかに緩めている。ワシントンDCはこのキャンパスからさほど遠いわけでもないが、日帰りで観光できるような距離ではない。

太一は俄かに鼓動が早くなるのを意識したが、少したためらって、

「ああ、いいかも。でもシェリーが運転するのはダメだからね。……それに、考えてみると着替えもないし地図も持ってないし、やっぱりちゃんと用意してからじゃないと無理だよ」

早口に答えてしまった。なんてつまらないことを言う男なんだ、と心の内で自分を呪う。シェリーの表情は……よく判らない。

パンケーキハウスでは、普通に会話が弾んだ。シェリーの運転するソーラーカーがど

んなにダメダメで、電子工学担当の学生たちの頭がどれだけコチコチで、でもそのダメなソーラーカーはキュートで開発がすごく楽しいと、食べたり喋ったり表情がくるくる変わる。

「ところでシェリー、真琴さんやクリスを誘って、やっぱりDCに行ってみないか。もうすぐ休みも終わりだし」

太一は車中でのやりとりがまだ気にかかっていた。ただ、「二人で行こう」と改めて持ち掛けるのは、肯定された場合を考えても否定された場合を考えても、なんだか怖いような気がした。シェリーは下を向いて、顔を隠せるくらい大きなグラスのアイスティーをストローで飲んでいる。と、不意に大きな瞳で太一を見つめ、

「うん、行こう」

嬉しそうに、くしゃっと笑った。

4

20XA年十二月

目の前にはあの時ワシントンDCで撮った写真がある。結局、車二台を連ね、八人で

二泊三日の道中となった。メンバーはシェリーと太一のほか、大垣さんと真琴さん、テオ、ボブ、ニーナ、アイラで、アメリカ人のボブ以外、テオは香港、ニーナは当時の西ドイツ、アイラはインド出身だから、ここ数年の交際範囲に比べると随分国際色豊かだ。皆でかわるがわる写真を撮り合い、リンカーンメモリアルやワシントンモニュメントの前でふざけたポーズを決めている。

これだけ色鮮やかなイメージが湧き上がってくるのに、それでもこの頭は壊れかけているのだろうか。太一は今更ながらその不条理に心を曇らせる。わかってはいるのだ。認知症でも過去の記憶は保持されやすい。病気は多分まだ初期段階でしかない。何が欠けているかを本人が自覚するのは難しい。

それでも……。太一は目を閉じ、緩やかに息をつく。自分は豊かな意味に彩られた、生きた世界と対峙している。それは幻想でもなければ単なる思い込みでもない。目の前の数々の写真と、その喚起する鮮やかなディテイルが、自分の直観を裏付けてくれる。

写真の中で、太一も真琴さんも、テオとニーナとボブも、アイラも大垣さんも笑っている。シェリーが手を振っている。言葉のとおり、右手を頭の上に掲げて左右に揺らしているのが見える。まっさらな笑顔で太一の名前を呼んでいる。

4

告白と永訣

夏学期も秋学期も忙しかった。夏学期の後や感謝祭の時期にまとまった休暇はあるものの、英語のネイティブに比べると読書速度のずっと遅い太一には、時間がいくらあっても足りなかった。もちろん修士論文を準備する時間も確保しなければならない。指導教官と相談して、的を絞った短い論文にする予定ではあったが、カフェテリアで食事をする以外、シェリーを含め、友人たちとくつろぐ時間はほぼなかったといってよい。

クリスマス休暇は短期のフィールドワークに充てた。移民について入手可能な書簡や文献のみに頼るのではなく、当事者の直接・間接の体験談を聴取したかったので、日本人移民の血を受け継ぐ学生や教師と面識を得て、彼らの年配の家族や知人を紹介してもらえるよう半年ほど前から準備を重ねてきた。春には追加のフィールド調査も実行したい。論文は、おそらく次の夏いっぱいかかる。

春学期に入ると、忙しさに幾分かの焦燥も加わり、太一の生活はますます余裕のないものとなった。カフェテリアで過ごす時間も随分と短い。食事のたびに太一はシェリーの姿を探したが、会えるのは二日に一度ほどだった。シェリーも忙しかったのだ。春学期で修士課程をすべて終え、夏学期に面白そうな講義をひとつだけ受講して、秋からは仕事に就く予定でいる。この距離感の友人関係のまま離れ離れになってしまうのかもしれないな……。太一は折につけ、そんな思いを言葉にせぬまま胸に宿した。

自分がシェリーに魅かれていることを、太一はもちろん自覚していた。彼女もある程度の好意を向けてくれているとは思う。けれど、そこから一歩を踏み出すことがどうしてもためらわれる。

理由はいくつかあった。何より学業への影響が懸念される。いまでさえ、眠いのを我慢して毎日キリキリ生活している。恋愛感情に身を浸すことも、失恋の痛みに心を沈めることも、研究や学習の決定的な遅れにつながるに違いない。少なくとも感情のコントロールができている限りは、現状を崩さないことが、自分にとってもシェリーにとっても望ましいのではないか……。

シェリーが秋からキャンパスを離れるということも、太一の感情的足踏みの一因となった。この夏、二人がより親密になれたとしても、遠距離恋愛の難しさを太一は友人の体験談から聞き知っている。博士課程に取り組みながら、遠くにいる相手との絆を、互いに想う気持ちを維持できるものだろうか。太一は、たとえいまシェリーが心を開い

4

てくれたとしても、その心をずっとつなぎとめておけるという自信がどうしても持てなかった。

恋愛について、めちゃくちゃ臆病だなあと我ながら思う。けれど太一には自分なりの人生設計があり、人間関係があり、家族がいる。映画の主人公みたいに、すべてを投げ打って一人の女性の手を取るなんてことはとてもできない。……うん、そりゃ大げさだな、と太一はひとり赤面する。すべてを犠牲にすることなんて誰にも求められていない。ただ少し面倒ごとが増えて、特定の人付き合いがやっかいになると予想されるにすぎない。

たとえば太一の父親と伯父だ。彼らの世代ではそう珍しくないのかもしれないが、父の惣士とその兄には中国や韓国のひとに対する漠とした蔑視があるように思われた。しかも、そのことに多分本人たちは気付いていていない。テレビ番組やちょっとした身近なイベントについてのコメントなんかに、その「気分」は表れる。

もう随分前に母の従弟が韓国籍の女性と結婚したときも、伯父は「宏君《ひろし》は優しいからね。同情から放っとけなくて、好きになったんじゃないか」などと訳知り顔に頷いていた。太一の聞いた限りで、その女性、純子さんに同情を誘うような事情などなかったはずだし、一度だけ顔を合わせた彼女は、誰とでもにこやかに言葉を交わす無邪気そうなひとに見えた。だから伯父の言葉を耳にした太一は、このおっさんいったい何を言っているんだ、と鼻白んだものだが、そのときは伯父の顔貌に何か無機質な膜が張り付いているような印象を受け、太一は口を閉ざしたまま顔をそむけた。

もとより太一自身、純子さんの生い立ちから現況までを把握していたわけではないし、父にしろ伯父にしろ、たとえば国外から客人を迎えるなら、それがどこの国のひとであれ礼節と敬意をもって接するに相違ない。それは常識的態度である以前に、彼らにとってごく自然な振る舞いであろうと太一は理解している。ただ、そうした行為と、無意識に浸透した蔑視とはおそらく別物なのだ。その影は、繰り返される日常の中で物陰から時に顔を覗かせ、認識を歪め、やがてひととひとのつながりをぐしゃりと枉《ま》げる。

それは不可避の過程ではない。ひとは深く根付いた偏見を乗り越えることができる。けれど、決して簡単ではない。必ず傷つく誰かがいる。

その予想が太一の心を重くする。

どんな理屈をつけようと、太一が自らの心情を堰き止め、その自然な流れを変えよう

4

としていたことは否めない。少なくとも当面は、学業への専心こそが重要だと太一は信じていたし、そのためにも心が乱される事態は避けたかった。このままの関係で、そっと別れ別れになるのが無難なのかもしれないとも考えた。しかし、あの弾ける笑顔を意識の片隅に追いやることはできない。シェリーは太一の内に暖かく息づいている。

各授業のペーパーを書き進め、ようやく学期の終わりがほの見えてきた五月の初旬、「まだ期末試験《ファイナル》が残ってるからって、全然息抜きをしないのはだめよ」という真琴さんに強引に誘われ、太一は学内のダンスパーティに顔を出してみた。

フォーマルなダンスではないから、学生たちの服装はまちまちだ。音楽ももちろん生演奏ではなく、DJがディスコ調の曲をかけたり、ワルツやルンバに切り替えたりしている。カフェテリアに広いスペースをとって照明に変化をつけ、周囲のテーブルに飲み物やオードブルが並べられている。既にファイナルを終えたらしい一部の学部生たちは、ドレスアップして楽しんでいるようすだったが、ちょっとした気分転換のつもりで足を運んだ太一は、よれよれのシャツに上着を羽織っただけの恰好だ。

ジンジャーエールを片手に学生たちの踊りを眺めていると、隣の真琴さんが誰かに大きく手を振った。大垣さん、麻生君、八重島さんの日本人グループ、イヒョンやミナたちの韓国人グループ、それにクリスとボブが、会場の一隅でひとかたまりになって談笑している。シェリーもこちらに何か呼びかけている。

太一はふと、熱い気配を胸の奥に感じた。

「連れてきたよお」

真琴さんはシェリーとハイタッチを交わしている。太一を連れてくるよう示し合わせていたらしい。けれどそんなことはどうでもよかった。シェリーは襟を大きくあしらった薄いライラックのドレスを綺麗に着こなし、少し困ったような、でも喜びを隠し切れないような口元で太一を迎える。

「すごくかわいい《ルックソープリティ》」

太一が思わず口にすると、シェリーは目に見えて顔を赤くする。

「遅かったね。もう少ししたら帰ろうかって話してたところだよ」

大垣さんがやけに真面目な口調で話しかけてきた。

「タイチがぐずるんだから」

真琴さんはそう返すが、

4

「まだそんなに遅くないでしょうに」

太一は訝し気に眉を上げる。パーティが始まってまだ四十分ほどしか経っていない。

「なんと、シェリーは明日の朝試験があるんだってさ」

イヒョンが肩をすくめて隣のミナの頭をポンポンさわる。

「ほんとに？」

「さすがＳＰＡＶレーサー！」

八重島さんとクリスが同時に声を上げる。

「簡単な科目だからだいじょうぶだよ」

シェリーは太一の目を真剣な表情で見つめている。

「でも、もうちょっと勉強するから、早めに帰らなくちゃ」

照れたように微笑むと、そこで曲がスローワルツに変わった。

「タイチ、踊らない？」

上目遣いのまま、小さな声でシェリーが誘う。

「ダンスはあんまりやったことないんだけれど……」

がっかりさせたくないなと思いながら太一が呟くと、

「だいじょうぶ。音楽に合わせてゆっくり動いていればいいから」

そっと差し出した太一の左手に右手を乗せ、シェリーはダンスの群れへと太一とともに歩を進める。右手を添えたシェリーの背はしなやかで、優しい香りが鼻腔をくすぐる。

……いつも受け身ばかりで、俺はダメだな。緩やかに足を運びながら太一は考える。夏のあいだ、少しだけでもダンスを習おうか……。ぴたりと身を寄せたシェリーの息が熱い。このかわいいひとを悲しませるようなことは絶対にしたくない。そんな感情が太一の心を掴む。

「夏学期にとる講義はひとつだけ？」

目の前に揺れるイアリングにささやいてみる。

「うん」

「俺は……論文を書かなきゃいけないけれど……、夏はできるだけ時間を作って、シェリーと映画や美術館に出かけたり、一緒に食事をしたりしたいな。どうだろう……」

楽の音が余韻を残して消える。

「うん。タイチ……」

ステップを止めた姿勢のまま、シェリーの茶色の瞳がまっすぐに太一を射る。

4

「……大好きだよ」

心なしか声が震えている。

「俺も。俺もだよ」

シェリーの小さな肩をそっと抱きながら、ああ、また先を越されてしまったな……と太一はどこか遠くで考えている。


忙しく、楽しく、狂おしかった夏も過ぎ、太一は二年ぶりの日本で……久々の怠惰な生活を満喫していた。

論文は何とか書き上げた。英文のチェックはシェリーにも手伝ってもらった。夏学期が始まる前はフィールドワークの小旅行に幾度か出かけたが、行先によってはシェリーも同行し、知らない街を二人で探索した。

ソーラーカーの走行試験にも付き合った。去年オーストラリア大陸横断に成功したチームのような、エネルギー効率の最大化を目指す車両の開発に取り組む一方で、シェリーたちのチームは、太陽光エネルギーと人力と従来のエンジンとを組み合わせて使うオフロード用車両の作成にも挑戦していた。もっともこれはなかなか難しいようで、この夏の走行試験でも、試験車両はビーチの波打ち際で傾いだまま動かなくなった。スタッフの面々は大声で対処に努めていたが、シェリーは、運転を担当していた後輩ドライバーに何かアドバイスをしているようだった。

秋学期までの休暇はさほど長くない。それでも今回の帰国を太一が決心したのは、ひとつには修士課程が修了して一区切りついたからであり、もうひとつは、シェリーに日本を見せてあげたかったからだ。東京や観光名所だけでなく、故郷の小さな町を二人で散策したかった。

もちろん、時間に余裕があったわけではない。シェリーの仕事は九月の半ばからという話だったが、太一の受講するクラスは九月第二週の後半には開講する。いまは八月末で、シェリーは親戚を訪れるためにニューヨークから一旦台北に飛び、それから三日ほどで成田に到着。そこで太一と合流する予定になっている。随分慌ただしいが、予定をあれこれ調整するのも、それはそれで楽しい。

九月一日の朝、太一はいつもより早めに目を覚ました。といっても、もう八時を過ぎ

4

ている。成田までシェリーを迎えに行く日が近付いてきたので、起床時刻を調整しようと考えてのことだ。父と妹の明花はもう仕事に出かけていて、太一は母の用意してくれたトーストとベーコンエッグの朝食をフォークでつつきながらテレビをつける。画面の内は何やら騒がしく、レポーターが何かの事件を伝えている。「○○航空機、根室沖で消息絶つ」というテロップが目に入る。深刻な、しかし自分の日常とは交差することのない出来事……のように受け止めかけていた心の動きに、何か嫌なものが引っかかる。

……シェリーが利用すると言っていた航空会社ではなかったか。

ソウル経由で台北に飛ぶと話していたはずだ。大きく打つ心臓の鼓動を聞きながら深く息をつき、急いで自室の手帳を確認する。同じ会社の同じ便だ。別のチャネルに切り替える。「根室沖」ではなく「サハリン付近」での遭難だと画面は告げる。シェリーの乗ったフライトが遭難だなんて……、そんなことの起こるはずがない。彼女がこの便に搭乗していたかどうか、確認する手立てはないのか……。テレビには日本人乗客の名前が映し出されるが、それ以上の情報はない。国際電話をかける。シェリーの実家はまだ夕刻のはずだ。シェリーの両親と面識はないが、震える声を抑えて簡単にこちらの状況を伝えると、説明の終わらぬうちに、シェリーのお母さんが、あのフライトにシェリーは乗ったのよ、と抑えきれぬ泣き声を上げる。機体が現時点でどうなっているのか、情報があいまいだし、シェリーはきっと無事だと自分は信じている。気持ちを強く持って、また、何か情報があったら互いに連絡しましょうと告げて、太一はゆっくりと受話器を置く。

20XA年十二月

気が付くと、どこかの喫茶店らしい薄暗い店内で太一は涙を流していた。上面に花柄の陶器をあしらったテーブルにはベーコンエッグとトースト、それにコーヒーが手付かずのまま並んでいる。

どうして忘れていたのだろう。あの身を捩るほどに息苦しい一日。サハリンへの強制着陸で乗客は無事という知らせにほっとしたものの、午後になって確認のため○○航空に問い合わせると、乗客の安否についてのはっきりした答えがない。そのうち、不穏な情報もメディアで伝わり始める。ニュースの流れの末端にいることに耐えられず、東京の航空会社支店まで赴こうと、黄色い小型ラジカセと簡単な荷物を手に電車に乗る。東京での乗客名簿の確認。そして夜、消息不明の旅客機はソ連機のミサイルにより撃墜された可能性が高いとの発表……。

何よりも、あの残酷な痛みを自分が忘れ果てていたという事実が、太一には衝撃だった。シェリーの気持ちを受け入れぬまま彼女と離れ離れになったなどと思い込んでいたなんて、いくら自分の脳が故障しているからといって、許されることではない。現実への裏切りだ。自分自身に対する、世界に対する暴力ではないか。

太一の涙は止まらない。

「だいじょうぶですか。お加減が優れないんですか……」

喫茶店の店員さんが心配そうに太一の顔を覗き込む。

「いえ、ちょっと、昔のことを、急に、思い出して……」

紙ナプキンで頬や顎を拭いながら、俄かに気まずさを感じ始めた太一は、ポケットに手を伸ばす。早々にこの場を立ち去った方がよい。ただ、ポケットに財布がない。どのポケットにも、スマホ以外何も入っていない。

「すみません、財布を忘れてきたようで……」

そのうえ、この店がいったいどこにあるのか、まるで見当がつかない。

「お恥ずかしいことを尋ねますが、このお店はどこでしょう」

女子高生くらいに見える店員さんに、太一は困惑した眉を向ける。

「財布を取って来ようにも、家の場所がわからなくては……」

幸い、その店員さんの助言でスマホを確認すると、すぐには思い浮かばなかった自宅の住所が見つかった。地図を調べると、喫茶店は家からさほど遠くない場所にある。電話番号や住所を渡し、「お家までお送りしますよ」という申し出を丁重に断りつつ表に出ると、散歩でなじみ深い街の風景が目の前に広がる。振り返ってみれば、木組みと漆喰のきれいな、何度も来たことのある喫茶店だ。半ば安心し、半ば自分の脳を呪いながら、太一は帰途についた。

シェリーのことは忘れない、シェリーのことは忘れない……。歩きながら、何度も心の中でそう呟く。

5

２０ＸＢ年二月

正月二日に訪れたアヤに、太一は随分叱られた。年末の「徘徊」の件だ。喫茶店の店員さんが、スマホの裏に張り付けられたメモを見て、念のためアヤに連絡を入れたらしい。自分ではいわゆる「徘徊」だとは思っていないし、自力で帰宅できたのだからそこまで声を荒げなくてもよかろうと思うのだが、財布も持っていなかったし、外出の目的も過程も心から抜け落ちていたわけだから、アヤが心配するのも無理はない。

どうしてあのとき外出したのか、太一は自分なりに推理してみた。部屋にシェリーの写真が残されており、シェリーとの時間を夢のように過ごしていたのだから、彼女のことが頭にあったのは確実だろう。たとえば、飛行機事故のことが心配になり確認しようとどこかへ向かった、あるいは彼女を迎えに行くつもりで成田に向かおうとしたなどの可能性は、考えられなくもない。シェリーと待ち合わせをしていると思い込み、フラフラ出かけただけなのかもしれない。

けれど、どの解釈もしっくりこない。少なくとも太一の主観からすると、現状、何十年も前の出来事を現在の事象と取り違えるほどのカオスを自分が抱えているとはとうてい思えない。念のため綾乃に確認してみると、「そうねえ、少なくともお祖父ちゃんやお祖母ちゃんがまだ生きているみたいなことは言ったことないわよ」とのこと。歯切れの悪い言いぐさにいささかムッとするが、まあいい、基本的に問題はないということだ。とすると、大幅な時間的混迷があのときだけ一時的に表層化したということなのか、それとも病気とは無縁の、何か別の事態が生じたのか……。

「別の何か」であってほしい気持ちはあった。それなら「徘徊」は病状の進展による乱調ではないという、とりあえずの安心が得られる。

ただ同時に、その「別の何か」は恐ろしくもあった。たとえば写真に触発されて夢遊病状態に陥ったのなら、それはそれでちょっとホラー映画じみている。しかし何より、その「別の何か」が過去改変に伴う夢想状態だった場合を仮定してみたとき、異種生命が体内で触手をゾロリ伸ばしているような悍《おぞ》ましさを感じて、太一は身震いした。シェリーの命が奪われるという事態が夢を通して新たに発生した過去であったとするなら、太一は取り返しのつかない選択をしたことになる。夢の中で日本に来るよう太一が誘ったからこそ、彼女の命は北の空に散ったのではなかったか……。

　そんなはずはない。既往の事実が変わるなんて、それは太一が自己満足のために思い付いた与太話だ。誰も信じないし、太一自身信じてはいない。

　確かに、これまでも度々想像を巡らせてはきた。夢で起こったことが昔の自分に何か影響を与えているのではないか……。過去が可変であるというアイデアは、心を軽やかにする魅力的なものに思われた。ただそれは、遊び半分の「心の体操」のようなものだったはずだ。もう取り返しのつかない過ぎ去った何かについて、忸怩たる思いを抱き続けずにいられる可能性を心に浮かべるだけで、太一は多少とも救われる心地がした。だが、その同じ夢によって、新たな、耐えきれぬほどの悔悟がもたらされるのだとしたなら……。


「徘徊」の翌日あたりからしばらくのあいだ、太一は過去改変について考えることができなくなった。忌まわしい印象が付きまとって離れない。夢を契機にそのアイデアを思い浮かべそうになるたびに、黒い硬質な何かによって思考経路が阻まれるような感覚を覚えた。

ただその間も、論理的飛躍やあいまいさのない昔日の心象の群れは、太一の夢を遠慮なく訪れる。目が覚め、混乱を自覚するという経験もまた繰り返される。過去に修正が加えられたかどうかはともかくとして、夢で何が起こったかを書き出し、絡まり合った時系列の糸を選り分けてやらないと、頭の働きはいよいよ頼りないものとなりそうに思われた。

だからこそ、若かった頃のエピソードが夢で再現されるたびに、太一はできるだけ正確に、思い起こせるすべてをノートに細かく記してみる。そうすることで、抱えている混乱についても、何か隠れた法則性を見出せるかもしれないと密かに期待する。


ノートを文字で埋める作業を何日か続けていると、冷静な思考が戻ってきた。

よくよく考えてみれば、シェリーの事故死が「新たな過去」だという証拠はどこにもない。もし過去が本当に変わるとしても、シェリーの死がその「変更」部分だという確証もない。それに、太一が夢での自分をいくら責めたところで事態が好転するわけではない。だがその一方で、過去が可変という「与太話」の方はどうだろう。それは、彼女を救い得る唯一の、微かな希望ではないのか……。

夢で何が起こりどんなことが可能なのか、きちんと見極める必要がある。たったいま書き記した文字の群れを眺めながら、太一はひとり何度も頷く。この文字たちの向こう側に、あるいは常識ではうかがい知れぬ何かが潜んでいるのかもしれない。太一は半ば真剣にそんなことを想像し始める。

5

キックオフ

静岡や東京あたりにはサッカー部のある学校も珍しくないと聞いたことがあるけれど、太一の暮らす地方都市の小中学校にそんな気の利いたものはない。太一はサッカーファンだったわけではないが、小学校の体育にはポートボールやソフトボールとともにサッカーも取り入れられていた。東京近郊の伯父さんの家に遊びに行ったとき、近所のお兄さんたちと広場でサッカーボールを追いかけて楽しかった思い出もある。母の喬子が、市営グラウンドで週二回練習する少年サッカークラブがあるという話をどこからか仕入れてきたとき、太一はそれとなく興味を惹かれ、一週間ほど迷って結局チームに入ることを決めた。五年生の一学期のことだ。

クラブのメンバーはほとんどが白川小の男子生徒で、樫岡小の生徒は大川という六年生の先輩ひとりだけ。他の小学校の生徒も何人かいたが、女の子はコーチの娘だという四年生の沙耶ちゃんだけだった。

練習はきついものではなく、柔軟体操のあと軽くグラウンドを走り、パスやトラップ、ドリブルやシュートなどの基礎練習をしたら、あとはだいたいチームを二つに分けて練習試合をする。メンバー全員が集まっても十六、七人にしかならなかったから、たいていは七対七か八対八の対戦で、必要に応じてマキさんかナベさんが参戦した。

マキさんはコーチのアシスタントとしてあれこれ細かい仕事をしてくれる年齢不詳のお姉さんで、やたらとヘッドや足でボールを捌くのが上手く、ただ走るのが致命的に遅い。ナベさんは市役所勤めのおじさんで、週に一回だけ顔を出す。小柄のうえ、走っているとすぐに息が上がるので、小学生に交じってプレーしていてもさほど違和感がなかった。

夏休み前になって、樫岡小の同級生がチームに入った。英ちゃん、池田くん、スギの三人。どうやら母の喬子がＰＴＡの集まりでサッカーチームの話をしたら、池田くんの

5

お母さんが「あーら、それはいいわね。うちの秀介にも勧めようかしら。皆さまもどう?」とか言い出して、三人の参加が決まったらしい。母さんは、自分のアイデアが乗っ取られた気分なのか少し悔しそうな顔をしていたが、太一は同級生のチームメイトができて純粋に嬉しかった。経験も技術も白川小のメンバーの方がずっと上だったこともあり、いまひとつチームに溶け込めずにいたのだ。

S市には他に小学生のサッカーチームがなかったから、試合のときはどちらかのチームの小遠征となる。といっても、日帰りのできる範囲だ。チームの移動には、行先次第で鉄道を使うこともあったが、その日T町への遠征ではコーチや生徒の親が数人で車を運転し、子供たちが三、四人ずつ分乗することになった。

スギは都合がつかず不参加だったから、太一は英ちゃん、池田くん、そして沙耶ちゃんとともにコーチの運転する車に乗る。一時間弱の山道だ。

「あーあ、今日も出番ないんだろうな」

池田くんがぼやく。コーチに聞こえることを承知で言っているんだと思う。

「俺たちまだ入ったばっかだから、しょうがねえよ」

英ちゃんがたしなめるように言うと、

「いやあ、なるべくみんな試合に出てもらうようにしたいと思っているんだよ」

バックミラーをちらっと眺めてコーチが答える。

「今日どうなるかは、まあ相手次第だけどね。沙耶だって、ためしに試合に出してみたら、意外にボールに対する嗅覚があるってのかな、思った以上にやれるからレギュラーで使っているんだよ。試合の中で伸びる子っていうのは、いるからね」

沙耶ちゃんは、コーチの言葉以上にすごい選手だと太一は評価している。まだ四年生だけれど、あの細い手足から、驚くほどしなやかで素早い動きが繰り出される。パワーは年上の男の子たちにかなわないが、基礎技術はしっかりしているし、何よりここぞというときの走りには目を見張るものがある。

「沙耶ちゃんは上手いよな」

「うん、チームで一番じゃないか」

英ちゃんの言葉に太一が頷くと、

「へへ、そんなことないよ。でも、今日は勝とうね」

助手席から振り返りながら、沙耶ちゃんが照れたように笑う。

5

「今日は太一っちゃんたちもきっと出場できるよね」

運転するコーチに向き直って、スッと真顔になるが、

「うーん。ルールどおりにやろうってなると制限があるからねえ……」

コーチの反応ははっきりしない。

ガタガタッと、車体が大きく揺れる。舗装に大きな陥没があったのか、「うわっ」というコーチの声とともに、沙耶ちゃんのポニーテールがシートの背にふわりと舞った。

試合は後半も半ばとなり、S市チームはT町ストライカーズを2－1でリードしている。

樫岡小五年の三人は、ここまでずっとベンチだ。

ちなみに太一たちのチームには名前がない。かっこいい名前があった方がいいよな、などと池田くんや白川小のヨッチなどは主張するのだが、「一応、登録名は『S市少年フットボールチーム』になっているんだよ」とコーチは言う。何の登録なのか太一には判らない。

「それって、みんなの欲しがっているチーム名とはちょっと違いますよね」

マキさんがいじめっこのような顔で尋ねると、

「いや、だって、カタカナ名とか、なんか恥ずかしいじゃないか」

モゴモゴと口籠るようにコーチが返したこともある――。


「太一、つぎ、交代だ」

試合を眺めていた太一は、コーチの声にブルっと身体《からだ》を震わせる。皮膚の感覚がいきなり一メートル先まで広がったような緊張感。ボールがラインを割り、審判が選手交代を告げる。


試合を見ながら太一が注目していたのは、ボールに向かって集まりがちな小学生プレーヤーのなかで、プレー全体を見渡しているように見える何人かの子供たちだ。相手チームはキーパーともう一人か二人、こちらはヨッチと沙耶ちゃんがプレーヤーの位置や動きにいつも気を配っているように見える。相手キーパーとヨッチはときどき大声で指示を出すし、コーチも「もっと広がれ、ポジションキープ」とか叫んでいるが、驚くべきは沙耶ちゃんの能力で、誰がどこにいるかをかなり正確に把握し、それに合わせたパスや走りによって無駄な動きは避けている。すぐには真似できないけれど、自分もせめてある程度周囲の流れを捉えて動けないだろうかと、その一点にできるだけ集中するよう太一は自分の五感を整理してみる。なぜ沙耶ちゃんのプレースタイルにこれまで気付かなかったのか、なぜ今日はそのことがはっきり理解できるのか……。太一は一瞬不思議に思うが、いずれにしてもいまなすべきことは、失敗を恐れずに、自分の課題と向き合うことだ。

味方チームのスローインからゲームが再開される。左サイドで児島くんがボールを受ける。赤いユニフォームを着た相手チーム三人による圧で、右サイドにロングパスを放とうとするが、不正確なキックを相手3番に弾かれボールは太一の左手前を転々とする。右サイド奥に岸くん、中央からこちらに走ってくるのが鮫島くん。大柄な山田くんがセンタリングを求めて大川くんとともにペナルティエリアを縦横に動く。敵チームの5番と9番がボールを追いかけて太一に迫る。児島くんは左奥まで一旦上がった後、なぜかまたこちらに駆け寄る。できるだけフィールド上の選手の位置を意識するよう努めながら、太一はゴール前にボールを入れようとトラップせずに左足でキックする。が、ボールはつま先に当たり、あらぬ方向に飛んでT町9番の腰でバウンドし、ラインを割る。

「なにやってんだ、東野！」

大川くんが怒鳴る。

「ドンマイ、ドンマイ。集中していこう」

センターあたりでヨッチが声を上げている。

いまのはちょっとまずかったな、と太一は反省する。プレーヤーの位置にばかり気を取られて、ボールをきちんと捉えていなかった。あんまり欲張らずに、できる範囲で流れを掴まなければいけない。

児島くんのスローインをトラップした出雲崎くんが、センター方向にボールを戻す。ヨッチが中央からドリブルで右斜めに駆け、ディフェンスの隙間から縦パスを通そうと試みるが、ペナルティエリアは密集状態で、トラップのまずさも重なって数人でボールの取り合いとなる。ようやく山田くんの蹴り出したボールが沙耶ちゃんに返ると、ゴール前の混雑がほどけ、二つの赤シャツが沙耶ちゃんとの距離を詰める。沙耶ちゃんは右斜め前方にドリブルでかわし、右サイドへのパスを打つように見せて、左足の踵で左後方を走っていた太一にボールを渡す。太一の向かう左前方には大きくフィールドが開いている。が、カットインしてゴールに攻め入るほどのスピードも技術も太一にはない。少しもたつき気味のドリブルで進みながら、味方の白いユニフォームの位置を確認する。

左に戻そうかと右足を上げた瞬間、弧を描いて右から駆け込む沙耶ちゃんの姿が見えた。右足を踏ん張って左足インサイドでパス。その逡巡がフェイントとなってパスは通るが、すぐに三人が沙耶ちゃんを取り囲む。太一も思わず右手に走り出しそうになるが、とどまって左にダッシュすると、沙耶ちゃんはくるりと回転してディフェンスをかわし、倒れそうになりながらも、トンと、右足のアウトサイドで太一にボールを送った。太一の前にはゴールキーパーと、右方向への動きから慌てて戻ろうとする11番の選手しかいない。左から大柄な赤いユニフォームが猛然と迫ってくる。太一は夢中で左足を振り切った。ゴールの左上隅にボールが突き刺さる。

結局その日は、3対1で太一たちS市チームが勝利を収めた。太一がプレーしたのは後半の十分ほど。けれど、あのゴールを決めた瞬間の感覚は忘れられない。嬉しいとか興奮したとかではなく、いやそれもあるのかもしれないが、胸の奥で何かがパンと弾け、そのこだまが太一をとりまく世界のあらゆる方角に響き渡ったような、そんな感覚だ。

英ちゃんも最後の五分ほどはグラウンドを駆けた。池田くんの出番はなく、コーチはえこひいきだ、などと試合後もごねていたが、「えこひいき」なんて言い方を実際に使う友達を見るのは初めてだったから、どうしてそんな発想になるのか、むしろ新鮮な驚きで太一は目を見張った。

夏休み中にあと二回試合があり、池田くんも無事デビューを果たした。二学期も、休日に三戦ほどあったのだが、一回は太一が風邪をひいて不参加。この五試合は二勝二敗一引き分けという五分五分の戦績だったが、太一がゴールに絡むことはなかった。

S市のサッカーチームがどんな組織で、対戦はどのように組まれているのか、太一は気に留めたこともなかったのだが、練習の休憩時に、コーチとナベさんがチームの今後について話しているのを耳にしたことはあった。もっといろんなチームと公式戦ができるようなクラブをきちんと作り上げた方が、子供たちにとっても励みになるのではないか、サッカーはこれからもっと盛んになるし、すばらしい選手が育つ可能性だってある……しかし、当面、スタッフや予算の問題を解決しなければならないし、楽しくプレーするという原則は崩したくない……けれど、強くならないとほんとの楽しさは味わえないのでは……。そんな話が耳に入ったが、チームにすぐ影響するような内容でもなさそうだったので、特に気に留めることはなかった。

5

三学期が終わる直前、ようやく、走れるくらいに雪解けのグラウンドが乾いてきた頃、スギ、英ちゃん、池田くんの三人がチームを抜けた。前回の練習はいつもどおりだったのに、いきなり来なくなった。いったいどうしたのかとスギにも英ちゃんにも尋ねたが、やめることにしたと言うだけで、理由《わけ》は教えてくれなかった。

三人がいなくなると、太一も練習に行きにくくなる。もちろんいままでどおりグラウンドや体育館に顔を出して普通に練習をしていれば何の問題もないはずなのだが、いつもしゃべくりあっていた仲間が急に消えてしまうと、残ったチームメイトとの距離感も、どう取ればいいのかわからなくなる。春休みのあいだ、二度ほど続けて練習を休んだ。

初めのときは、今日サッカーは休みなんだとウソをついて家で本を読んでいたのだが、後ろめたさに気分がシクシクして何も頭に入ってこなかった。二回目は、練習に行ってくると告げて家を出てから、自転車で春の町をぐるぐる廻った。

次の練習の日も、前回と同じように自転車で出かける。自分はどうしたいんだろうか。いったい、みんなどうしてやめたのか。道端に自転車を止めて、小さい頃よく遊んだ砂山に登る。すぐ頂上に着いてあたりを見渡すと、大きく横に張り出した松の根に美咲が腰かけていた。

「みさちゃん？」

思わず声をかける。

見上げるように振り返った美咲に尋ねると、

「こんなとこで、どうしたの」

「え、ここはわたしの特等席だよ。町と海がきれいだもの」

作ったようなすまし顔で美咲は遠くに視線を移す。

「この辺、砂を掘るといろんなものが出てくるって、太一くんに教えてもらったし」

そうだったかな。多分小学校に上がる前だ。

「さっきキョンちゃんのところに遊びに行ったんだけれどね……」

美咲は急に笑みをこぼす。

「キョンちゃんサッカーやりたくて、いまから初めて練習に出かけるんだって言われちゃった。太一くんは行かなくていいの？」

心がすっと軽くなる。うじうじ悩んでいた自分がちょっと恥ずかしい。

「いまから行くとこだよ。遅くなっちゃったけど。みさちゃんも見にくる？」

「うん、行ってみようかな」

二人で砂山を駆け下り、自転車の二人乗りでグラウンドに駆け込むと、まだ湿っているフィールドで泥んこになりながら、皆がボールを追いかけている。キョンちゃんがセンターサークルの向こう側から手を振っている。

「なんだ、太一おせーよ」

振り返るとすぐそばで、順ちゃんがゼエゼエ息をしながら顔に着いた泥を拭っていた。

20XB年二月

六年生のときのサッカーは楽しかったな、と今朝見た夢を文字にしながら太一は振り返る。順ちゃんは上手いというわけではなかったが、細いのに持久力があり、ピッチをやたら駆け回っていた。キョンちゃんは二人だけの女子ということもあり、沙耶ちゃんとすぐに仲良くなって、ドリブルやらトラップやらフェイントやらリフティングやらいろいろ教わっていたが、ヘディングだけはかなり抵抗があるようだった。

樫岡小以外のメンバーとも気軽に話すようになったし、小学校の後輩もチームに加わった。戦績はどのくらいだったのか、よく憶えていないのだが、そう悪くはなかったような気がする。太一も、テレビで目にしたボール捌きを真似てみたり、頭の中で敵味方の配置を想定して、それに応じた動きを練習してみたり、ピッチでの選手の配置を常に捉えられるよう努めたりと、あの頃は自分で工夫して少しずつ力を伸ばしていくのが楽しくて仕方なかった。

チームをやめた三人については、たしか母の喬子が池田くんのお母さんたちとPTAの会合で何か揉めるか、喧嘩するか、そんなことがあったと誰かに聞いたような覚えがある。母さんが茶飲み話のような体《てい》で太一に語ったのか、みさちゃんのお母さんが何かの折に教えてくれたのだったか、ともかくそういった大人?の関係が背後にあったらしく、どうしてそんなことでチームをやめることになるのかと、太一は憤懣やるかたなかったが、母さんには母さんの言い分があったのだろうし、池田くんのお母さんも多分同様で、詳細をまったく聞いていない太一にはどうにも判断のしようがない。ただ、そうした親の感情のもつれが、中学生になってからの太一の日常にまで影響を及ぼしていた可能性に今更気付いて、太一はわずかに身震いした。

カレンダーを見ると、今日はお昼前にヘルパーさんが来る予定となっている。「たまにアヤが顔を出してくれるなら、まだひとりで十分やっていけるよ」と、太一は介護支援を断ろうとしたのだが、「父さん、お掃除もろくにしないし、食事だって、コンビニ弁当やレトルトが多くなるの、わかってるのよ」と綾乃は聞き入れてくれず、結局週に二回、食事の支度と掃除や食器洗い、それに買い物をヘルパーさんにお願いしている。ゴミを出し忘れているときは、その処理もやってもらう。

困ったことに、ヘルパーさんの顔と名前をなかなか憶えることができない。書斎の机の正面やダイニングテーブルには、日付と日記をいつも確認すべき旨や大まかな予定とともに、ヘルパーさんの名前も「大西和子」と大きな字で書いてある。だが、名前だけとりあえず復唱してみても顔と結びついていないため、玄関に彼女を迎えると、ついじっと見つめてしまう。変なエロ爺さんだと思われたくはないのだが、わかってはいても初対面の誰かと相対しているような気がするのだから、どうにもしようがない。事情を話して、写真を一枚撮らせてもらおうかとも思案するが、やはりエロ爺さんと思われそうな気がして言い出せずにいる。

こうした自分の性格は、たとえ過去が変化したとしても変わるものではないのかもしれないな、と太一は考えるともなく考える。あるいは過去においてまるで違った教育を受け、すばらしい社交技術を身に付けたなら、見ず知らずのヘルパーさんに対してでもずっとスマートに接することができるのだろうか。紳士的にヘルパーさんを遇する自分の姿を想像して、太一は小さく笑い声を上げる。

過去の変化といえば、今朝方は記憶に妙な違和感がなかった。強いて挙げるなら、砂山で見たみさちゃんの後ろ姿が、周囲とは違った色合いを帯びているふうな印象を残したことくらい。ただそれとは別に、少しややこしい事態が生じていることに太一は気付いている。つまり、過去に関与する夢が必ずしも時系列順に現れるわけではないという、常識的に考えればごく当たり前の現象だ。けれどその夢を通し、何か改変がなされているとしたら……。大人になってからの過去が変わった後に子供の頃の過去が再びシフトしたなら、最初に生じた大人時代の変化はどうなるのだろう。

思考力自体はまだ健在なんだと信じたい気持ちもあって、太一はこの問題に少しこだわってみようかと思った。覚え書きを残し、それを手掛かりに幾度か再考する。

ひとつの解釈として、いわゆる多元宇宙論を持ち出すことは可能だろう。でも、好ましい考え方とは思えない。正しいかどうかではなく、好ましいかどうか。夢を通して二

5

十歳の自分の過去が分岐し、後に十歳の自分の過去が分岐する。二つの分岐は基本的に別々の事象だ。そうなると、分岐によって過去が変化したのか、それとも分岐し異なった経路を歩む人生が元々多元的に存在していたのか、当事者にとってそれを区別する意味があるのかどうか疑わしくなる。なんだかつまらない。二十歳での分岐の結果として水虫に悩んでいる「わたし」が、十歳の分岐のおかげでかゆみから解放されたとして、それは多分経路上の異なった枝に「いまここ」の意識が移ったということであり、二十歳の分岐で水虫を患っていない「わたし」には何の影響もないし、悩んでいたその「わたし」が救われることは永遠にない。

夢を見る順序と、過去改変の発生する順序とは無関係というシナリオも考えられる。たとえば、三十歳の自分が夢の中でいきなり歌手デビューを果たしたとして、それは、未だ見ていない夢の中で二十歳の自分がカラオケバーに通い詰めたという世界をベースに成り立っている。ただ、この解釈もやはり面白くない。それならば、「いまここ」という夢に浸り続けている現在の自分も、もう既に、いまはまだ伏せられている改変の上に立っていることになりそうだ。それは改変などなかったというのと同義ではないか。同義でなかったとしても、その三十歳の行方は潜在的に確定していて改めようがない。

過去の改変というのは、いわば人生のやり直しだ。それがたった一度でも叶うのなら、それは奇跡と称すべきだろう。奇跡は鮮やかに顕現せねばならない。たとえ「改変」が奇跡でも何でもなく、比較的稀とはいえ日常的な事象にすぎないのだとしても、その常識外れの仮定を受け入れようとするなら、どうしたって、世界はもっと心躍るものでなければならない。

ただ、仮に未来が過去に波及するとしても、因果律が基本的に正しいのなら、その原理に従って展開した未来が過去に作用し返すという事態はどうしても想像しにくい。時間を遡上する影響というものが実際あるのだとして、たとえば巨大怪獣が東京を蹂躙するという事件の時系列的な進展は、その怪獣が生まれ成長した過去と、怪獣が撃退されて首都の防衛が強化されるといった未来との相互作用を踏まえたうえでバランスよく推移していくだろうから、一旦成立した事象から、改めて別の改変がその過去に加え直されるといったことはなさそうに思われる。

そんな改変があるとするなら、それは、未来の展開が因果律から急遽外れた場合か、過去への影響がひどくゆっくりで散発的である場合か、もしくはタイムトラベルのように因果律の流れが無理やり過去に突っ込まれた場合だ。タイムトラベルがこのごろ流

5

行っているとは聞かないし、未来の余波が過去に向かってのろのろとしか進まないとしても、その「のろまな機械」は太一の声になど耳を傾けてくれそうもないから、思案すべきは、因果律に「付け込む」隙があるのか、あるとしてそれはどのようになされるのかという点となる。

太一は魂とか、物理的世界を超越した存在とかを信じてはいない。信じてもいいのだが、どうにも信じ切れない。そうした超物理的エンティティによって因果律が破られるという二元論的空想には、面白みがない。推理と妄想を論理的に差しはさむ余地がほとんどない。ただ同時に、ガチガチの決定論にも納得がいかず、自由意志は決して否定し切れないものと想定している。

意識のもとに世界が開かれているということは、そこに選択肢が開示されているということだ。その選択肢は見かけだけの幻想ではない。なんなら目の前にあるモンブランとザッハトルテのどちらを食べるのか、サイコロを振っても選んでもいいし、放射性元素とガイガーカウンターを用意して確率的に決めたっていい。どちらのケーキだって、結果を厭わぬなら両方だって、選び取れる現実的可能性があるはずだ。ただ、それはロボットにも装備可能な選択の自由にすぎない。意識にとって本質的なのは、選択肢が厳然と存在するということに加え、その選択肢の空間的、社会的、時間的なつながりを瞬時に、また思考過程を経て深くゆっくりとイメージできるという能力であるに違いない。

その過程が本当に自由なのか、「本当に自由」とはどういうことなのか、その「自由」は因果律から離脱できるのか、因果律とはそもそも事態の確率的進展を含み込んだものなのではないか……。考えることはいくらでもあるし、太一自身、隙のない「理論」を構築しようなどという野望を抱いてはいないが、「正常な機能を失った脳の見せる混迷」としか表現しようのない身近な現象《ゆめ》から整合性らしきものを引き出す手掛かりくらいなら、あるいは見つけられるかもしれない、と太一はどこかで期待している。

玄関のチャイムが鳴る。なんだか考え事をしていたようで、頭がくらくらする。インターホンのモニターには見知らぬ女のひとが映っている。四十歳くらいだろうか。化粧っ気のないぽっちゃりした顔が温かに見える。

「おはようございます。ヘルパーの大西です。東野さん、お変わりありませんか」

モニターの画像が笑いかける。

「ああ……」

呟きながら、太一は壁に貼り付けてあるメモに急いで目を通す。ヘルパーさんの名前や訪問予定がしっかり書いてある。

「ちょっとお待ちください。いま開けますから」

階段を下りながら、このポンコツ頭はどうにもならんのか、と太一は拳で自分のこめかみをゴンゴン叩く。

6

ミッドライフ

米国中西部の弱小州立大学で仕事を得て、もう十四、五年になる。亜理紗と結婚し、テニュアを得て准教授に昇進し、待望の第一子に恵まれたのが結婚からおよそ五年を経た199X年。その長女の綾乃も今年で五歳になる。

仕事はまあ普通に熟しているが、このごろの太一には少々の焦りがあった。大学での講義や生徒の指導は、それなりにきちんとさえできていればいいと割り切るようにしている。理想を追っていたらキリがない。ただ、その「それなり」が、英語を母語としていない太一には結構難しかったのだが、さすがにいまは慣れた。日本人移民の歴史に興味のある学生なんぞこんな地方大学にいやしない。いや、少しはいるのだが絶滅危惧種と言っていい。しかし、移民社会一般についての議論は近年かなり盛んになってきたし、移民の文化的アイデンティティの問題は大きな注目を集めているから、講義のネタに困るようなことはない。困っているのは、自身の考究や執筆作業がここしばらく行き詰まった状態にあることだった。

何より、本の原稿が思うような形にまとまらない。もう何年も執筆に取り組んでいるが、なかなか説得力のある興味深い展開に落とし込むことができず、途中まで書いては直したり構成を変えたりを繰り返している。無論、執筆に集中し、十分時間を掛ければいずれ解決する問題であるとはわかっている。が、その時間を確保するのがどうにも難しい。

昨年から教授陣《ファカルティ》の責務に関する規定が見直され、担当授業や学生をサポートするための時間的な負担義務が長くなった。それは仕方ないとしても、娘の綾乃が生まれてこの方、育児に少なくない時間を費やしていることもあって、仕事での負担増はやはりきつい。アヤちゃんは銀河一かわいい天使としか思えなかったから、彼女のためなら何でもしてあげたいとは思うのだが、四歳のときから隣町へとピアノのレッスンに通うようになると、亜理紗だけにその送迎を任せておくわけにもいかず、時間はますます削られることになる。さらに最近は、アヤちゃんの小学校《プライマリスクール》入学を目途に、亜理紗も自身の勉強を再開したいと話している。その意欲と頑張りをぜひ応援したいと太一は本気で考えているが、かといって、ある程度まとまった自分の時間が確保できなくなるようではやはり困る……。

亜理紗は、太一がいま教鞭をとっているL大学に、修士課程の留学生として入学してきた。有機化学の専攻で、なんでもその分野でかなり有名な先生がうちの大学にいるのだという。びっくりだ。ただ、L大学に在学する留学生は多くなく、日本人学生も数名を数える程度だったから、自然と太一が彼女の大学生活について相談に乗ったりアドバイスしたりを重ねることになる。そうしたやりとりの中で、次第に惹かれ合うようになった。亜理紗の修士課程修了を待ち、それから一年間、最初は日米間で遠距離交際を続け、その後は婚約者として近距離で親しみを深めて、キャンパスの教会で結婚式を挙げた。

その亜理紗は結婚当初、新生活の環境を整えつつ、大学の講義を聴講したり翻訳の仕事を請け負ったりしながら将来の可能性を模索していた。この数年は子育てに専念してきたわけだが、ライフワークとして何かを成し遂げたいという思いはその間も抑え難かったようで、短いひと時を見つけてダイニングで専門誌を読んだり、着想をノートに

6

書きつけたりする姿がよく見られた。できれば大学院で博士課程に入るか、でなければ二つ目の修士号を取りたいと希望していたのだが、結局ジャーナリズムを新たに学ぶことに決めた。科学系《サイエンス》のライターを目指すらしい。実際もう既に二、三の記事が一般向けの雑誌で採用されていたこともあって、それが決断の後押しとなっている。

愛娘がすくすくと健康に育ち、妻も生きがいを求めて積極的に活動し、自らも仕事を無難に熟しているわけだから、太一たちは、客観的に見れば、充実した毎日を送る幸福な一家だと言ってさしつかえないだろう。現に、太一自身、かわいい妻と娘に囲まれ幸せを味わっていることは否定しようがない。ただ、亜理紗も太一も、睡眠を削ってその充足感の維持に努めていることもまた事実だった。

そうしたタイトなスケジュールをともかくも熟す中、研究に対する集中力が少しずつ削がれ、自身の興味も次第にシフトしてきたことを太一は意識せずにいられなかった。いま書いている本のテーマをつまらないもののように感じ始めたのはいつからだったか。しかしこれまで書き上げた草稿やそこにつぎ込んだ労力を思うと、未完のまま打ち捨てることもできない。便法として、個人史のプライベートな側面をより深く掘り下げ、文化的・普遍的な自己の捉え方に焦点を当てる新たな論文に着手し、その筆が進まなくなると書きかけの本の草稿に立ち戻るという形で作業を進めてみると、多少は気分が落ち着いて集中力を維持できるようにはなったのだが、いかんせん、使える時間の総量はどうしても限られている……。

亜理紗も太一も、多忙な日常に充実感を覚えてはいる。少なくとも太一はそう認識している。けれど、常に時計に追われ続けることで、イライラしたり、ちょっとした原因から口喧嘩になることがこのごろ多くなっている。言い合いを始めてしまうと感情が乱れ思考もまとまらなくなるから、その悪循環を避けようと、亜理紗との間にギクシャクした空気が流れることもままある。

表面上はどうにか生活が回っているから、太一は、いま抱えている焦燥や感情的行き違いがいずれは解消されるだろうと、そう楽観視するよう努めている。自分がもう少し頑張って、亜理紗にもう少しだけ我慢してもらえれば、業績を積み上げることもでき、亜理紗の将来も開け、綾乃も成長して多少は手がかからなくなる。そう信ずることで、太一は「いま」を乗り切ろうとしている。

6

アイスバーン

その日の朝は、あまり楽しいとは言えない会話で始まった。

昨晩は、来る春学期に備え、明け方近くまでコンピューター画面に向かってあれこれアイデアをまとめていた。数時間の睡眠をとって、髭も剃らずに太一がダイニングに顔を出すと、亜理紗はこちらを見向きもせぬまま、テーブルに置いた赤いラップトップに何かを打ち込んでいる。アヤちゃんはもう保育園にいる時間。もちろん連れていったのは亜理紗だ。

ピリピリした空気をまとった背中に「おはよう」と声をかけると、

「おはよう。……今朝はよく眠れなかったわ」

小さなあくびをしながら、亜理紗は充血した目を太一に向ける。

「朝方になってからベッドにモゾモゾはいってくるんだもの。それに、たいちさんの寝言、なんとかならない？　大声でときどきびっくりするのよ」

「そう言ってもな……」

亜理紗は以前から、寝言について折々小言を洩らしていた。けれど、眠っているときの行為にまで責任を持てと言われても、太一には如何ともし難い。

「寝るときに口に絆創膏を貼るとか、お医者さんに相談するとか、いろいろあるでしょう」

軽口とは見えない表情でそう言われると、太一としてもいささかムッとする。

「医者にかかるような問題じゃないだろう。病気じゃあるまいし」

レンジで温め直したピラフをサラダと一緒に掻き込み、食器をディッシュウォッシャーに放り込むと、太一は無言のまま二階のマスターベッドルームに戻り外出着に着替えた。今日大学へ行く予定はなかったものの、家で仕事をしていると余計な言い合いが増えそうな気がしたのだ。

夜中に書き上げた来学期の講義スケジュールにざっと目を通し、出掛けにキッチンでコーヒーをタンブラーに注いでいると、亜理紗がためらいがちに問いかける。

「ねえ、明日のアヤちゃんのレッスン、できれば代わってもらえないかな」

パソコンに目を向けたままだ。

「明日はミーティングがあるんだよ。言っただろ」

「そのミーティングって、絶対に休めないの？」

6

「絶対ってこたあないけれど、まあ、ときどき顔を出さない奴もいるにはいるけどね。あんまりいい印象与えないことは確かだよ」

「あーダメかあ、……わたしもう死にそう」

亜理紗はパタンとラップトップのスクリーンを閉じ、テーブルに上半身をべったりと伸ばす。

「それこそ、アヤちゃんのレッスンをたまにはお休みにしたっていいんじゃないか?」

「それはできるだけしたくないのよね。子供ってあっという間に大きくなっちゃうし、せっかくピアノは楽しいって、アヤが感じ始めたところだし」

「そっか。でも、あんまり無理すんなよ」

太一はタンブラーからコーヒーを一口啜ってガレージの扉を開ける。歩きながら飲んだせいか、唇をちょっと火傷した。


結局その日は、場所を移しても仕事が捗ることはなかった。

オフィスでは、コンピューターを起動するなり同僚のピーターが押しかけて、「キャンパス倫理コミッティ」でもう少し積極的に活動できないだろうかなどと、ごちゃごちゃ面倒なことを言い出す。太一は二つのコミッティに所属しているが、研究環境と収入と公平性さえ確保できるなら、別に好んで大学のポリシーに口を挿もうとは思わない。たいていの研究者も、その点太一と似たり寄ったりじゃないかと思うのだが、コミッティの活動や学内ポストに就くための運動に心血を注ぐ教師は意外に多い。もちろん組織にとって大切な仕事ではあろうし、何に熱中しようと各人の自由なんだから、別に不満はない。が、できればその熱意のとばっちりを受けたくないとは感じている。太一は、ピーターを怒らせない程度に適当な相槌を打ち、半ば強引に話を打ち切ってキャンパスタウンの喫茶店へと逃げ出した。

いつもの喫茶店は、しかしひどく騒がしかった。クリスマス休暇を終えた学生たちがキャンパスに戻っており、何かのペップラリーをやっているようすだ。飲み屋を兼ね、古い木のテーブルが並んだ床の汚い昔ながらの店だし、こうしたことがときどきあるのは仕方ない……。太一は気持ちを切り替えて、図書館で少し調べ物をし、気分転換に買い物をして家に帰ろうと決める。

図書館を出て足を向けたのは、この小さな大学町で唯一と思しきカメラの専門店だった。家電やら日用品やら何でも売っている大型のディスカウントショップなら郊外にい

6

くつかあるが、カメラの品揃えが豊富とは言えない。売れ筋の一般向け機種しか置いていない。太一が目を付けていたのは、店頭に飾られている少し前のC社のモデルだ。評判のよい高性能デジタル一眼レフで、販売価格もある程度抑えられている。亜理紗が新たな一歩を踏み出すお祝いとして思い切ってプレゼントしようかと、前から計画していたのだ。

亜理紗の喜ぶ顔を心に浮かべつつ店頭でハローと声をかけると、お決まりのあいさつをしながら、頭の禿げた店主らしきおじさんが片隅の椅子からのそっと立ち上がった。

「そこにディスプレイされているカメラが欲しいんですが」

太一が指さすと、

「ああ、こいつはいいカメラだねえ……」

どうしたわけか、少しためらうように言い淀む。

「だけどねえ、今年の新しい機種がもっとお勧めだよ。こっちに並んでいる」

店主は狭い店内にある別の棚を青いタトゥーの入った右手で示す。

「いや、このカメラの機能や評判を調べたうえで、入手したいのはこっちの機種なんだけれど」

こちらの意図がよく伝わっていないのだろうと、太一は機種名を具体的に口にして言い直すが、

「私も新しいモデルがいいと思うよ。なにしろ、最近は新機能が毎年どんどん付け加えられるからね。古いモデルじゃできないいろんなトリックが可能なんだよ」

店の奥で先ほどまで店主と話していたらしい太った女性が腰を上げる。

「こっちのモデルが気に入っていて……」

「手で持ってみればわかるよ。ずっと軽いし、少しコンパクトにできている」

「デザインもいいしね」

どうしたわけか、執拗に新モデルを推してくる。

この対応は何なのだろう。うーん《ウェル》…と呟きながら太一は少し思案する。まるで古いモデルを売りたくないようだ。新しい機種を大量に仕入れすぎてしまったのか、それとも太一の目を付けたカメラは特定の誰かに譲ると約束しているのか……。少し黙っていると、二人は言い回しを変えて売り文句をひたすら繰り返す。なんだか、この店でカメラを求めるのが億劫になった。

「そうですね、……こちらの欲しいカメラを売る気がないのなら、他で探しますから」

6

ちょっと短気かなと思いながら、できるだけていねいな口ぶりで告げて太一はドアに向かう。

「売る気がないなんてことはないよ。ただ、私はいいカメラを勧めているだけで……」

店主はそう口にするが、やはりあのカメラを売ろうとは言わない。太一はそのままドアを開けて帰途についた。


何か特別嫌なことがあったわけではない。朝からちょっと歯車のかみ合わない非生産的な半日を過ごすことになったというだけだ。でも、イライラが太一の内に少しずつ溜まっていく。帰宅後、保育園へお迎えに行っても、アヤちゃんは誰かとお話でもしているのか、なかなか姿を見せない。もちろん、両手を広げて駆け寄ってくる愛娘に苛立った顔を見せたりはしないが、チャイルドシートのベルトを締めていると、

「ダディはきょうごきげんななめなの？」

そう訊かれてしまった。

「そうかな。そんなことないんじゃないかな」

精一杯笑顔をつくろって答える。

「そういうときは、ごはん食べて、さっさとねましょって、おかあさんいってたよ」

真剣な顔で話すアヤちゃんに笑いながら、亜理紗もストレスが多いのだろうな――太一はフッと息をつく。

……眠い。今日はもう疲れた。居眠り運転などしないように二、三度頭を振り、ハンドルを握ってアクセルを踏みながら歌を口ずさむ。すぐにアヤちゃんも、後部座席でそのアニメソングを一緒になって唄い出す。

その晩夕食を済ませると、太一は本当に早々と眠ってしまった。歯磨きもせず寝転がって本を読んでいるうちに意識を手放したらしい。気が付くとカーテンは外光にほの白く、窓の外で冷たい雨が梢を揺らしている。

まだ早い時間帯なので、熱いシャワーを浴びてのんびり階下に降りると、二人はちょうど朝食を食べているところだった。

「おはよう。なんか今日はたくさん寝ちゃったよ」

コーヒーメーカのサーバーからカップにコーヒーを注ぎながら太一がぼそぼそ話しかけると、

6

「おはよう！」

アヤちゃんが元気に返す。

「うん、おはよう。ねえ、たいちさん、今朝方は何か夢を見た？」

少し目を見開いて亜理紗が尋ねる。

「いや、なんにも憶えてないけど……また寝言かな？」

「うーん、まあ、それもあるけれど、今日はやっぱりアヤのレッスンやめようかと思って……」

「きょうピアノないの？」

ごちそうさまをしながらアヤちゃんがクリンとした瞳で亜理紗を見つめる。

「うん、お天気もよくないしね。お家でピアノ弾こうね」

「わかった」

アヤちゃんはすぐに納得したようだが、太一には話の道筋が見えない。

「それと寝言とどんな関係があるんだよ」

「あー、えーっとね、今朝方またたいちさんの迷惑な寝言で目が覚めたんだけれどね、それがとっても怖いのよ」

亜理紗はブルっと身震いすると、両腕で胸をぎゅっと抱きしめる。

「『事故だ！　あぶないっ！』とか『行くなっ！』とか、大声で叫ぶんだから」

そう言われても、太一には何も思い当たらない。

「なんかいやーな感じがするし、お天気も悪いし、わたしもやっぱり疲れているから、今日だけはお休みしようかなって……」

「ああ、それがいいかも。無理したってろくなことないよ」

太一はアヤちゃんの頭をぐりぐり撫でまわし、パリパリのチーズトーストをかじる。


その日の夕方、テレビをつけると、この町と隣町を結ぶ州道で発生した玉突き事故のようすがローカルニュースで大々的に報じられていた。ピアノのレッスンへの行き帰りにいつも使っている道だ。画面は薄暗く、何台ものパトカーのランプが明滅を繰り返している。レポーターの説明に合わせてカメラが切り替わると、ガラスが割れ醜くひしゃげた数台の車が、バラバラの向きで闇に蹲っているように見える。

現場は橋の上。日中から夕方にかけての気温低下で雨水が凍ってアイスバーンとなり、ピックアップトラックがスリップして、対向車を含む他の車を巻き込んだということらしい。死者二名。重軽傷者六名。ちょうどピアノレッスンから帰ってくる時間帯だ。

「今日、行かなくてよかったね」

フライパンで何かを揚げている亜理紗の背中に太一は声をかける。ダイニングのテレビは彼女にも見えているはずだ。亜理紗は無言で配膳を始める。手伝おうかと立ち上がると、亜理紗の目に光るものが見えた。

「泣かなくったっていいじゃんかよ」

太一が思わず当惑を見せると、

「なんだろう。フシギだね。……この子が行くなって言ってくれたのかな」

目尻を拭いながら亜理紗はお腹をそっとさする。太一は、へっ、と間の抜けた声を洩らして自分の妻の顔を見る。

「え、赤ちゃんできたってこと？」

頷く亜理紗の鼻に人差し指を突き立て、

「もっと早く言えよ……」

カーテンの隙間から覗く凍り付いた窓ガラスを横目で眺める。

「ごめん。タイミングがね。疲れていたし……」

調理台に置いたままとなっていたタラのフライとサラダを食卓に運びながら、太一は俄かに気分が上向いてくるのを感じる。

「だけど、だったら寝言にもっと感謝してくれたっていいんじゃないか？　『行くな』って言ったんだろ？」

「そうね。今度から『寝言大明神』って絆創膏に書いて、口に貼り付けることにする」

亜理紗の照れたような目元が、胸のわずかな氷を融かす。

二人目の子が生まれたら、もっと忙しくなる。亜理紗の修士号挑戦も延期することになるだろう。生活は容易いことじゃない。でもきっと、簡単なことだ。

リビングから、アヤちゃんの弾くつたないきらきら星が聞こえている。

２０ＸＢ年四月

目を覚ますと、上品なおばさんが、親しみを満面に浮かべて太一を覗き込んでいた。

「……ヘルパーさん？」

思考が焦点を結ばないまま呟くと、

6

「え？　わたしが判らないなんて、そんなにボケちゃったの」

女性は半ば心配そうな、半ば可笑しそうな顔で布団をそっと叩く。

「今朝はなかなか起きてこないから、どうしたのかなって見に来たんだけれど、『ヘルパーさん』てなによ」

太一はポカンとして瞬きを二度三度繰り返す。膨大な情報が瞼の裏に湧き上がり、脳裏を瞬時に埋め尽くすような軽い衝撃を覚える。

「ああ、亜理紗……。いま何時だい？　昔の夢を見てたもんだから、きみの若い頃のきれいな顔が印象に残ってたんだよ。……ヘルパーさんて、なんだろうね。介護支援の資料を昨日読んでたせいかな」

「失礼な。わたしはいまでも若くてきれいですよ。あと、介護支援のパンフに目を通したのは三日前だからね。さ、具合が悪くないのなら、もう起きて」

太一はのろのろと起き上がって洗面所に向かう。廊下を左に行って突き当り……のはずが、どこにもそれらしきものは見当たらない。階段を下りて亜理紗の姿を探す。

「ねえ、この家、間取りが変わってないかい。建て替えでもしたっけ」

エプロン姿の亜理紗がフライパンを片手に振り返る。

「日本に帰ってきてこの方、ずっとこのままよ。ちょっと寝ぼけちゃったんじゃありません？」

「そうなのかな。広すぎるみたいで、洗面所の場所がわからなくてね」

亜理紗は、「もう、こっちじゃない」と言いながら太一の腕を引っ張って浴室の脇に連れていく。そこには先客がいて、鏡を覗きながら「あ、おはよう」と片手を上げる。

「歩《あゆむ》も寝坊助ね。ちゃんと講義に出てるの？」

問題ないよ、と言って水飛沫を盛大に飛ばしながら顔を洗う「歩」を、亜理紗は疑わし気に眺めていたが、ふと、太一の眼差しに気付いて、

「え、歩がわからないの？　たいちさんとわたしの息子よ」

さすがに眉根を寄せて表情を硬くした。

目を瞑って一瞬の目眩をやり過ごす。さまざまな情景が脳裏で結合と分離を繰り返し、意味の網となって太一を揶い上げる。

「いや、だいじょうぶだよ。ちょっとまた感じ方がブレてただけだから。歩のことがわからないわけなかろう」

わずかに怒気を込めて呟きながら、太一は歯ブラシを咥えてリビングのソファへと向

から。

「父さん、だいじょぶなんかな。ちょっと進行が速すぎやしない？」

背後で亜理紗にささやく歩の問いかけが聞こえる。太一は歩の勘違いを正そうかと一瞬歩みを止める。が、うまい是正の言葉も浮かばず、ふてくされたようにボフッとソファに腰を下ろす。

——そうではない。そうではないんだ……。

歯ブラシを動かしながら太一は心の中で何度も、確かめるように繰り返す。この混乱は病気の進行とは無関係だったはずだ。過去が変わってしまったせいで、現実の急変に頭が追い付いていけないだけなのに……。

太一は、できるならそう信じたい。

けれど、いったい何がどう変化したのか、太一にはもう既に判断がつかない。

7

カシワバラの定理

中学一年の二学期、中間テストまであと二日という日の午後、太一は職員室前の廊下に座り込んでいた。先生に叱られ正座させられているわけではない。胡坐をかいている太一の両隣には、順ちゃんとキョンちゃんが膝を立てて座っている。三人の前と両脇には、ボール紙を折り曲げて作った小さめの立て看板もどきが三つ置かれ、そのひとつには「教師は誠実たれ」、二つ目には「自らの過ちを認められない教師に教える資格はあるのか？」、真ん中のひとつには「生徒への信頼！」とマジックインキで書いてある。

廊下を歩く生徒たちの向ける視線はまちまちで、半数以上は「関わりたくありません」とばかりに、ちらちら太一たちを盗み見ながら、できるだけ遠くを足早に通り過ぎる。同級生や顔見知りの中には、立ち止まって事情を尋ねてくる生徒もいる。キョンちゃんは、太一たちに気付くなり屈みこんで経緯を確認し、「ちょっと待ってて」と急ぎ足で姿を消したと思ったら、「教師は……」と「生徒へ……」の二つの「タテカン」を抱えて戻ってきた。そのまま職員室前に居座っている。

上級生の中には、「あれがゼンガクレンかぶれか」などと、わかったような口ぶりで冷ややかに見下ろす者もいる。教頭先生の受け売りでほぼ間違いない。廊下に座っている太一たちを見て、教頭先生は「きみたちは何かね。全学連の真似でもしてるのかね」と真顔で尋ねるので、主に京香が事情を説明したのだが、そのやり取りに、睨むような目つきで上級生が耳を傾けていたのを太一は目にしている。

その事情というのは、一日前、連休明けの月曜日の朝のことになる。太一が島田くんやキョンちゃんと教室で駄弁っていると、いつもはホームルームすれすれに滑り込む順ちゃんが十分も早く姿を見せ、太一たちのもとへと駆け寄ってきた。

「ねえ、俺きのう、すごいこと発見したぜ」

目をまん丸くして鞄からよれよれのノートを取り出す。

「ほら、直角三角形ＡＢＣを、こういうふうに、正方形の中に書くとさ……」

ページには大きな正方形の中に傾いた正方形をはめ込んだような図形が描かれる。隣に同じ大きさの正方形を順ちゃんは描き足して、さらに小さな正方形をその中に加える。

「……そうすると、ここところの長方形は三角形二つ分と同じだろ」

「ちょ、ちょっとまて」

太一は図形を確かめながら、順ちゃんの解説をたどり直す。

「うん、たしかに、そうなるね」

キョンちゃんの納得の声に合わせて太一と島田くんも頷く。島田くんホントに解ってるのかなあ、と太一は一瞬訝しむが、口には出さない。

「えーっ、なにそれ」

うしろから根本さんが覗き込んで大声で尋ねる。

「うん、あとでまた説明するから、とりあえず聞いて」

順ちゃんはそう言うと、ABの二乗がBCの二乗足すCDの二乗と等しくなることを図で示しながら証明してみせる。

「へぇ、なんかおもしれえ」

島田くんはしきりに感心しているが、太一も同感だ。わいわい騒ぐ声につられ、太田くんや秋原さんも集まってくる。

7

「どうやってこんなん見つけたの？」

順ちゃんの得意げな顔に根本さんが問いかけると、ゴドゴドッとドアが開いて、担任のエテ岡ならぬ片岡教諭が、いつもどおり少しぶっきらぼうな動作で教室を見渡した。

「起立っ！」

級長の添島くんの声に、クラス全員が立ち上がって朝のあいさつをする。

「今朝は随分騒がしいみたいだが、何かあったのか」

「はーい。柏原くんが、図形のすごい発見をしたんです」

島田くんが手を挙げ、指名もされぬまま発言する。

「そうか、じゃあホームルームが終わったら教えてくれるか」

片岡教諭はにこやかにクラスの出席をとり始める。


ホームルームのあと。先生の視線に促され、順ちゃんはおずおずとノートを開いて、つっかえながらも説明を始めた。どうしたわけか、すぐにクラス担任は感情の抜けた面持ちとなり、やがて、その相好はいびつに口元を歪めた笑みに変わる。

「柏原、俺は社会科の教師だが、これがピタゴラスの定理ということくらいは知ってるぞ。おまえ、本で見たか誰かに聞いたんだろう。新しいことを勉強するのは……いいことだがな」

順ちゃんは、言葉がうまく呑み込めないのか、表情をストンと落として先生を見つめる。

「いえ、僕は昨日、折り紙の切り方を考えていて……」

「これはな、大昔にピタゴラスというギリシャの天才数学者が見つけたんだ。図形を少し勉強した奴は誰でも知ってるが、自分で考え付くのは難しい。知識をひけらかすにしてもだな……」

そのとき教室のドアがガリガリッと嫌な音とともに開き、飯島先生の姿が見えた。一時間目の数学の教師だ。

「このドア、壊れてるのかしら」

音のしたあたりを見上げて、教室の空気に気付いていない。添島くんの「起立っ！」の号令で皆がバラバラ立ち上がると、ようやく教師二人の目が合った。

「あら、片岡先生、何かあったんですか」

「いやなに、大したことじゃないんですが、先生からも柏原によく言い聞かせてやって

7

ください。まったくおかしなことを言い出して」

片岡教諭が後ろ手にドアを閉めて姿を消すと、もの言いたげな沈黙が教室に残る。

結局、事情を説明するため、放課後を待ってクラスの代表が職員室に赴くことになった。飯島教諭の問いかけに、ピタゴラスの定理について「柏原くんが自分で考え付いたとウソ言ったんです」とスギが答え、何人かの同級生も頷いたのだが、それっておかしいんじゃないですか、とキョンちゃんが声を挙げたからだ。試験前でもあり、授業を進めないわけにもいかなかったから、続きは職員室でということになった。順ちゃんの席を振り返ると、床を見つめていた順ちゃんは、太一の視線に気付いて困ったように笑った。

放課後になって職員室に向かったのは、添島くんとキョンちゃんの二人だった。順ちゃんは「俺、こういうとき、頭に血が上ってダメなんだよ。梨本が先生に話してくれよ。たのむ」とキョンちゃんに手を合わせ、「ピタゴラスの定理」を見つけた経緯をていねいに繰り返した。

六時間目が終わり、教室の掃除を済ませた太一は、添島くんたちの話がどうなったのか気になって職員室前へと足を運んだ。ちょうどキョンちゃんと添島くんが礼をしてドアから出てくるところだった。

「で、どうだった？　納得してくれた？」

一応尋ねはしたが、首を振るキョンちゃんのようすから、答えを聞かなくとも、うまくいかなかったことは見て取れた。

「飯島先生は、わかってくれそうだったんだけどね……」

「片岡先生と鈴原先生が、どうして本人が来ないのかっていうのよ」

添島くんの言葉をキョンちゃんが引き継ぐ。

「飯島先生と話していたら、片岡先生がね、『正しいと信じてることなら、正々堂々、本人が話しに来るのが筋だろう』って言いだして、それで、近くにいた鈴原先生も、何があったのか聞きたがって……」

キョンちゃんは小さくため息をつく。

「鈴原は、『あー、いますねえ。他人《ひと》の仕事を自分の作品みたいに言う生徒』とかさ、『飯島先生、本人がきちんと説明できない限り、特に注意を払うこともないでしょう。よくあることですよ』なんて言いやがんだぜ」

口真似をする添島くんの息が少し荒くなる。太一はねっとりした嫌な気分がこみあげてくるのを感ずる。鈴原教諭の言う「他人の仕事を」云々という生徒には、多分太一自身のことも含まれている。先学期の父兄面談で母さんがそんなことを言われたというだけでなく、二学期の初め、目立ちはしなかったものの、それを確信させるような出来事があったのだ。

7

夏休みの国語の宿題には、読書感想文と自由作文が含まれていた。生徒たちには「えーっ、ふたつも!」と不評なのだが、太一は、この全校生徒に課される自由作文が少し楽しみだった。読書感想文の苦手な太一だったが、長さも自由、トピックも自由、小説でも、詩でも、随筆でも、観察日記でも、何かについての考察でも、とにかく自由に書きましょうというこの課題についての説明文を読んで、心が跳ねるのを感じた。

太一が書いたのは「思い」についてのとりとめもない随想だ。原稿用紙二十枚ほどの文を、思い付くままに書き記した。気合を入れて仕上げた文章というわけではなかったから、休み明けに提出して半ば忘れていたのだが、国語の授業で作文を返す段になって、鈴原教諭がいつものように教室を見回して得意げに語り出した。

「みんな、思い思いにさまざまなことを書いてくれたので、楽しませてもらいました。短い詩を書いたひとが多かったようですが、中には詩を二十篇も書いた力作もありました。あとは、夏休みの体験談が目立ちましたね。残念ながら、このクラスで物語を書いた生徒はいなかったので、来年に期待します。あとは、家のひとに書いてもらった作文を提出したひともいるようですが……」

言いながら鈴原教諭はカメレオンのような目をギロンと太一に向け、

「今後、そうしたことはやらないように、気を付けてください」

何事もなかったかのようにクラスに向き直った。

太一はそのとき、先生の視線の意味を直ちに把握できたわけではない。向けられた視線につい軽い笑顔を返したのだが、あれは間違いだったな、とすぐ後で後悔することになる。一学期末の面談で母さんが聞いた話と突き合わせるなら、相当いびつなメガネ越しに太一が見られていることはほぼ確定的だった。だが反論しようにも、太一が名指しで注意を受けたわけではない。先生の目線の先に太一がいたことに気付いた生徒も、そう多くはないだろう。太一は最悪の気分を胸に抱え込んだままその日は部活でトランペットをブカブカ吹き散らし、先輩にやんわり叱られて家に帰ることになる。

7

あのときのやり場のない感情が、順ちゃんの件でまた呼び起こされたせいかもしれない。その晩、太一は夢を見た。

巨大なカメレオンがまん丸い目をグルングルン回しながら、順ちゃんと太一を踏みつけようと襲ってくる。大きく開けた口の息がくさい。太一が嘔吐をこらえて屈みこむと、長い舌がヒュヒュッと飛び出して順ちゃんを絡めとる。「だめだよ、太一、もうXXできないかも」ぐったりした順ちゃんが弱々しく呟いているが、太一は声を出せない。

見上げると、遠く未来にルーシーが輝いている。あれをうまく下ろせるなら、カメレオンは消えるに違いない。太一は右手を差し出して、目の前の化け物にルーシーの光を叩きつけようと何回も試みる。うっすらとした輝きがそのつど極彩色の巨体を包むが、カメレオンは色を変えるだけで、順ちゃんを放そうとはしない。そうだ、大声でルーシーをここに呼び寄せればいい。声を発しようと喉に力を込めるが、どうしても音にならない。……そうか、Cではない。Aの音だ！

アあーっ、という自分の大声で太一は目を覚ました。胸のあたりにいやーな空気が残っているが、夢の中のイメージを思い返すと、その空気とのちぐはぐ感に笑みがこぼれる。自分の声がホントにAだったのかふと気になって、リコーダーを取り出し吹いてみる。うん、合ってる。他愛のない満足感を覚えるが、その嬉しさが太一の背中をポンと後押しする。

その朝、太一はいつもより早く家を出て、順ちゃんの家に立ち寄った。寝ぼけ眼の順ちゃんを急き立て、学校への道を急ぐ。歩きながら太一は自分の考えていることを口にする。昨日の一件についてやはり先生ときちんと話すべきであること、自分も似たような経験があるから、一緒に話しに行くこと、もし先生が自分たちの言い分を認めないなら、きちんと抗議すべきこと……。

順ちゃんは黙って歩いていたが、学校の門が近付くと、太一の顔を見てニッと笑った。朝の教室にはもう何人も登校していて、小声ではしゃぎ合ったり教科書を眺めていたりする。太一はカバンを置くと教壇に立って呼びかける。

「ちょっとみんな、いいかな。昨日順ちゃんのことで、先生といろいろあったことは知ってると思うけど、やっぱり、先生の言うことが間違っていたなら、きちんと話を通しておくべきだと思うんだ」

「だけど、柏原の言ったことって、とっくの昔に誰かが発見していたんだろ？」

スギと話していた大曲くんが、椅子に腰を下ろしながら疑問を口にする。

「うん、そうだけど、問題はそこじゃないんだ。順ちゃんは、自分の力で昨日の証明を思い付いたわけで、それを頭ごなしに、何かずるいことをしたみたいに言うのはおかしいだろう？」

「だけど、順がほんとに自分で見つけたって証拠があんのかよ」

スギが不貞腐れたように目を逸らしながら呟く。

「でも、逆に言えば、自分で考えたんじゃないって証拠もないわけだろ。それに、順ちゃん自身は本当のことわかってるはずだ。おかしいのは、順ちゃんじゃなくって、先生の決めつけなんじゃないのか？」

興味なさそうに教室の後ろで立ち話していた女子生徒たちが、こちらに視線を向けたのがわかる。教室の前のドアからも後ろのドアからも、一人二人と同級生たちが姿を見せ、どうしたの、何かあったの、と小声で尋ねている。

「だから……」

太一は話をまとめようと、少し間をおいて皆の顔を見回す。

「先生にはきちんと事実を伝えて、謝罪を求めるべきだと思う」

順ちゃんがはっとしたように顔を上げる。

「で、似たような先生の決めつけで嫌な思いをしたひとがいたら、教えてください。それをみんなまとめて、先生に抗議します」

教室内の人数が増えてきたからか、なんとなく学級会のような気分になって、太一はついていねい語を使ってしまう。

「それはクラスの意見として提出するんですか」

少し前から席に着いていた添島くんが手を挙げて尋ねる。

「いいえ、俺と順ちゃん……柏原くんの提出ということでいいと思うけれど、他に……」

「だったら、オレの名前も足してくれよ」

スギが、不機嫌そうに目を細めて立ち上がった。


特に期待はしていなかったのだが、その場でいくつかの体験談が集まった。たとえば、コボちゃんこと小仏さんは、家庭科で一生懸命時間を掛けて工夫した作品を持ち帰りで仕上げてくるたびに、お姉さんに手伝ってもらったの？　とか、教えてもらったの？

7

とか先生に訊かれるのだ、と悔しそうだった。スギは、英語のテストでまずまずの成績をとったときに、カンニングしたんじゃないかと冗談半分のように言われたそうだ。

皆で職員室に押しかけ一つひとつの事例を報告するのはちょっとやっかいそうなので、簡単なレポートをまとめたうえで、何人かの先生に配布することになった。太一たちは先生の目を盗んで授業中や休憩時間に提出文を書き進め、同じものを数編作って昼休みを迎える。

幸い、職員室には、レポートを渡す予定の教師がほぼ顔を揃えていた。太一と順ちゃんは担任の片岡教諭に紙の束を差し出す。

「これは、昨日の柏原くんの件と、それから、同じように偏見から頭ごなしに叱られたり否定されたりした……同級生についての報告です」

太一は頭の中でリハーサルした言葉を、緊張しながら紡ぎ出す。

「鈴原先生、蓼山先生、それから栗本先生にも渡してください。僕らの要望については、中に書いてありますが……、基本的には、先生方に……謝罪をお願いするものです」

片岡教諭はレポートをパラパラめくりながら、顔を赤くして、

「おまえら、自分たちは正しいと、そう思ってるのか」

片頬を引きつらせる。

「少なくとも、今回のことについてはそう思ってます」

そりゃこっちの台詞だ、と心の中で悪態をつきながら太一が答えると、

「これを書いたのは一年二組有志となっているが、これはおまえら二人のことか」

いらついたようにレポートをトントン叩く。

「じゃなくて、人数多いんです。でも、クラス全員で決めたわけじゃないから……」

「必要でしたら、皆の名前を書いても、全然かまいません」

順ちゃんの言葉を太一が補う。

「俺たちが生徒を叱るのはな、ちゃんと訳があるんだ。おまえらがどう言おうと、嘘を吐く生徒やごまかす生徒はいるし、それは十何年も生徒を見ていればわかる。それを正すのが教師の役目だ」

「それはでも……」

太一が反論しようとすると、

「でも先生、それはここに書かれていることが嘘だという証拠にはなりませんよね」

いつの間にかレポートを覗き込んでいた数学の飯島教論と言葉がかぶった。

7

「飯島先生、理想論も結構だが……」

どうしてこうも言葉が通じないのかと、頭の芯がカッと熱くなり、太一は思わず大きな声で教師の言葉をさえぎった。

「先生のその見方が間違っていると、そこに書いてまとめたんです。誠実な対応をいただくまで、職員室前の廊下に座っています。書いてある一人ひとりに話を聞いていただいても結構です」

太一は飯島先生にだけ礼をして、順ちゃんの背中を押し、出口へと向かう。職員室はしんとして、教師たちの視線が自分たちに注がれているのを感じた。


昼休みも終わり近く、キョンちゃんも加えて三人で座っていると、添島くんが廊下を駆け足でやってきて、「ごめん。次の授業出たいから、これだけ置いてくよ」と、「自らの過ちを認められない教師に教える資格はあるのか?」のボール紙タテカンを手渡して駆け去った。ちょっと過激じゃないかと順ちゃんはためらったのだが、せっかくだからすぐ脇に設置する。

五時間目が始まったら、授業に行けとかなんとか、先生の誰かが催促にくるだろうと三人は見込んでいた。けれど、予想に反してどの教師も無言で目の前を通り過ぎていく。とはいっても、無表情とか無視とかいうことではなく、呆れたように首を振ったり拳をグッと握ってニカッと笑ったり、先生もいろいろの反応を見せて、太一には新鮮に感じられる。

廊下に誰もいなくなると、三人は自然とサッカーの話を始めた。春までS市チームのメンバーだった順ちゃんとキョンちゃんだから、一緒にいると、太一はまた二人とプレーできないだろうかとムズムズした心持ちになる。

「週一、できれば二回ならどうにかならないかな」

「うーん、でも部活の先輩が何ていうか……」

「わたし、でも女の子だよ、他に女子がいないとちょっとね……」

「でもキョンちゃん、順ちゃんよりパワーがあるだろ」

「たっ、なぐるなよ、言ったの太一じゃないか」

「それより、校内のクラブでなけりゃダイジョブじゃないかな」

「S市チーム拡張って話もそういやあったよね」

「沙耶ちゃんは来年どうするんかな……」

7

…………。

ひそひそ駄弁っていると五十分はすぐに過ぎた。五時間目終了のチャイムが鳴ると、添島くんやスギだけでなく、クラスの違う英ちゃんや他の生徒たちまでが職員室前にやってきて座り込みに参加する。中には追加のレポートや「偏見を許すな！」「決めつけ反対！」のプラカードを抱えている生徒もいる。これだと、ほんとに教頭先生の言うとおり「全学連のマネ」みたいに見えてしまいそうだね、と太一は小声でキョンちゃんに告げる。

六時間目が終了し、あたりの清掃も終わって部活へと向かう生徒の姿もまばらになった頃、職員室のドアがするすると開き、教頭先生が太一たちの前に歩み寄ってその場にしゃがみこんだ。

「いや、ごくろうさまです。ひとつ、聞かせてもらっていいかな。きみたちは片岡先生や鈴原先生について、どうしてほしいと思っているんだろう」

「……ですから、謝罪を……」

「ああ、謝罪とひとことで言ってもねえ、たとえば片岡先生が特定の生徒に個人的に謝ればそれでよしとするのか、それとも、常習的に生徒に精神的苦痛を与えてきたという理由で教育委員会まで話を上げるのか、ま、その場合、可能性としては、先生たちに対する何らかの懲罰も視野に入ってくるわけですが」

足が疲れたのか、教頭先生はその場にどっこいしょと腰を下ろす。

「教育委員会のことはよくわかりませんけど……、僕たちは、自分で考えたことを証拠なしで全部否定されるみたいな、そういうことは止めてほしいというか……」

順ちゃんが困ったような顔で太一たちを振り返る。

「教育委員会については、どう対応すべきか先生たちが決めることであって、わたしたちがいまどうしてほしいって言うような問題ではないと思います。わたしたちが望んでいるのは、あくまで鈴原先生たちに誠実にわたしたちの声に耳を傾けてほしいということで、その第一歩として、今回の柏原くんのことや、明らかに生徒の努力を無視した対応について、きちんと謝ってもらいたいんです」

キョンちゃんが淡々とよどみなく話すと、

「オレなんかすごいショックで眠れなかった……」

「先生だって間違うことはあるんだから、ちゃんと認めてほしいです」

英ちゃんや小仏さんも自分たちの心中を告げる。

7

「わかりました」

教頭先生はゆっくり腰を上げながら、座り込んでいる生徒たちの顔を一人ひとり見つめる。

「明日、必ず誠意をもって対応します。約束です。この件は私に預けて、今日は、このまま残っているのも大変でしょうから、いまをもって解散ということにしてくれるかな」

生徒たちは互いの表情を確認し、頷き合い、

「みんな、いいかな」

太一の言葉をきっかけにノソノソ立ち上がった。ズボンのほこりを落としたりしながら、じゃな、また明日、声をかけ合って教室や部活の場へと立ち去っていく。

「梨本はやっぱすごいな」

タテカンを抱えながら順ちゃんが呟くと、

「え、わたしだって昨日も今日も、どんなこと言ったらいちばんいいか、ずっと考えていたんだよ」

ちょっと嬉しそうにキョンちゃんは目を逸らした。

翌日の水曜日は臨時の朝礼で全校生徒が体育館に集まった。簡単なあいさつの後、校長先生は昨日の「生徒による抗議」に触れ、本校においてこうした騒動が起きるのは決して望ましいことではないが、そもそも教師の側にも過失があったとの意見も強かったため教員で話し合い、「私たちと生徒の皆さん」がどのようにしてともに解決にあたるかを検討したと語る。太一は校長先生の言い回しに物足りなさを感じながらも、具体的な話をするという教頭先生の登壇を待つ。

「おはようございます。皆さんの多くは、昨日職員室前で座り込みを行った一年生諸君の姿を目にしたものと思います」

体育館全体をゆっくり見渡しながら、教頭先生は何か確かめるように間をとる。

「座り込みの前に、実は、彼らは抗議の文書を教員の幾人かに提出していました。その内容は、プライベートなこともありますので詳細には触れませんが、私たち教育者にとっても重大な反省を促すものでした。教育の根幹に関わる問題、教師と生徒との信頼関係、生徒の健やかな成長を支えるため私たちはどうすべきなのか、何をしてはいけないのか、また翻って、これまでどのようにしてきたか……。私自身、生徒の皆さんとのさまざまな場面が心に浮かび、昨晩はなかなか寝付くことができませんでした。

問題はいくつかの視点から捉えることが可能ですが、その中心にあるのは教師による臆断の危険性です。つまり、この生徒にこんなことができるはずがない、中学生がこんなことを考え付くはずがない、といった発想を無意識にしてしまうことで、……生徒の内面の成長や葛藤、そして自由に考える喜びを見過ごし、またすばらしい才能の芽を摘んでしまうことになりかねません。それは、教育者として決してしてはならないことでしょう。今回の抗議は、教師のこうした態度について反省を求めるものでした。

ただ一方で、皆さんに理解していただきたいのは、いわゆる『ズル』をする生徒というのが現実問題としてある程度いる、それはどうしても否定できないということです。そこに何らかの事情があるとしても、教師はそれを取り締まらないわけにはいきません。何より本人のためにならないからです。難しいのは、そうしたズルやカンニングと、教師の想像を超えるすばらしい努力や才能の発現、……成績でも、絵でも、作曲でも、作文でも、それを教師の目の届かないどこかで生徒が成し遂げた場合とを、どうやって見分けるのかということです。とは言え、そうですね、これは私たち教師が継続的に検討していかねばならない問題です。これについて生徒の皆さんに何か特定の行動を求めるのは、教師の怠慢と言うべきでしょう。ただ、私たち教師も、一人の人間として大変難しい問題と向き合っているのだということを、皆さんの心のどこかに留め置いてほしいのです」

教頭先生はそこで一旦言葉を切り、何かを覗くように視線を落とした。

「ただ……今回の生徒の皆さんからの訴えにつきましては、抗議文、そして教師や生徒からの聞き取り内容を鑑み、皆さんの主張が全面的に正しいものと認め、教師一同、心より謝罪するものといたします」

体育館内が俄かにざわめき立つ。

「確かに、もっと綿密な調査が必要ではないか、もしくは生徒の不正な行動を助長することになるのではないかといった意見もあります。これについても、今後教師間で話し合いを進めていかなければなりませんが、教師の皆さんには、ここでぜひ原点に立ち返り、私たちにとって何が真に大切なのかをもう一度熟慮していただきたい。生徒の自由な発想を潰してでも不正を取り締まるべきなのか、それとも生徒の成長を助け、促し、見守ることこそが大切なのか。

……今回の件について、この場で私が申し上げることは以上となります。具体的な謝罪の方法については、追って連絡がありますが、皆さんの希望にできるだけ沿えるよう、簡単な情報交換の場を設けたいと考えています。

最後に、今回問題を提起してくれた生徒諸君には、心より感謝申し上げたい。皆さんが考え、行動することによって、私たちも考えさせられ、皆さんとより近い場所に立てるきっかけとなりました。ありがとう。ありがとう」

広い体育館のどこかで、誰かがゆっくりと両掌を打つ。それを追うようにあちこちでパラパラと拍手があがり、やがて満場の拍手となる。

２０ＸＢ年六月

目覚めたあとも、太一は何とはなしにバツの悪さを感じていた。夢のせいだ。あのとき、あそこまで真正面から教頭先生に対応してもらうと、なんだか青春ドラマを演じているようで、嬉しさよりもむしろこそばゆさが先に立ってしまった。そのときの感覚が、何十年の時を経ても未だありありと蘇る。

教頭先生、その後校長となった中木先生には感謝している。その言葉どおり、教師と生徒の関係は、あの「抗議」をきっかけにかなりの程度深まったように思う。たとえば卒業式の後、片岡先生は「いやあ、一年のとき、東野のことは見誤ってたな。俺の失態だ。いい経験をさせてもらった」とか言いながら太一の背中をバシバシ叩いた。痛かった。太一が「男子三日会わざればってやつですよ」とおどけた調子で答えると、「あの座り込みは傑作だったな」と、赤ら顔で目を細めた。

ただ、頑なに生徒との距離を縮めようとしない教師もいた。鈴原先生は、確かに形の上では太一たちに謝罪の意を伝えたが、オレは騙されないぞ、とでも言わんばかりの拒絶がいつもその目に宿っているように太一には思われた。

スギや英ちゃんとの間のぎこちない空気も、一緒に座り込んだときの一体感からか、すんなり解消したように見えた。ただ、小学校の頃のように、あけすけにものを言い合う間柄に戻ったというわけでは必ずしもなかった。一方的に距離を置かれてきた太一の側にも、どうしても多少の不信感は残っていたし、池田くんなどは、相変わらず事あるごとに太一に突っかかるような発言をした。

このごろは、目覚めた後に、「夢に現れた事実」と「単なる夢」や思い違いとの間で

7

確信の揺らぐこともあまりない。矛盾を孕んだ感覚の断片がまるで心に残らないというのではない。たとえば、朝礼のときに感じた居心地の悪さは、当時の太一のものなのか、夢を見ている太一のものだったのか、改めて思い返すとちょっと判らない気もしてくる。夢の詳細があいまいなこともある。たとえば夢の中の自分は何かインパクトの強い夢を見たような気もするが、はっきりとは思い出せなかった。

思い出せないといえば、あの頃やりたがっていたサッカーはどうなったのだったか。二年生になり沙耶ちゃんが入学するのを待って、校内で何か活動を始めたようにも思うのだが、S市チームが中学生もメンバーとして受け入れる公式の体制を整えたような気もするし、事実についての確信へと至る記憶の連鎖を太一は自分の内に見つけ出すことができない。

しかし、あやふやな心象が太一を驚かせたり悩ませたりすることは、このところ少なくなっている。慣れの要素が大きいのかもしれない。脳ミソがこんな状態じゃ仕方ないさ、みたいな諦念が意識の底にあることは否定できないが、同時に、このあやふやさは改変された事象が世界にまだ定着していないことの証左なのかもしれない、と想像したりもする。古い写真を見たり、順ちゃんに電話して確認を取ったりするなら、あるいは事態の輪郭が明確になるのかもしれないが、それは結局、過去のイベントに対する現実定着化の儀式にすぎないのではないか……。記憶のブレに対するそんな折り合いのつけ方を、このごろの太一は身に付けている。

歩はもう出かけたあとらしく、ダイニングでは亜理紗がひとりで何かの原稿を読んでいた。朝食は、珍しく純日本風だ。

「こないだ会ったとき、順ちゃんが言ってたんだがね……」

テーブルに着きながら、太一は亜理紗に話しかける。なんでもS市の少年サッカーは近年飛躍を遂げたらしく、何かの折、順ちゃんはその活躍ぶりについて顔を綻ばせ語っていたのだ。

「もうしばらく順二郎さんにはお会いしていないと思いますよ。いつのお話なの」

「ついこのあいだだよ。S市内だから、散歩のとき偶然顔を合わせたりしても不思議じゃなかろう?」

太一の耳には、亜理紗の指摘が理不尽なもののように響く。

「そうね、たいちさん。でもこの家はM市にあって、順二郎さんはS市だから、お散歩じゃ会えないわよ。きっと、しばらく前のことを、どうかして急にはっきり思い出したんじゃないかしら」

「うーん、そうなのかな……」

柔らかな亜理紗の口調に、太一はしばし沈黙して、鮭とごはんとみそ汁を口に運ぶ。

「……夢を見たんだよ。中一のときね、順ちゃんが……」

ふと、思考の流れに取っ掛かりを見つけ、太一は「カシワバラの定理」の出来事を笑顔で語り出す。亜理紗はときおり頷きながら、太一の話に静かに耳を傾けている。亜理紗がそばにいてくれてよかったな、と太一は穏やかな気持ちをかみしめ、ゆっくりと言葉を紡いでゆく。

8

失恋とミーコ

ミーコが死んでしまったと母から聞いて、太一は少なからずショックを受けていた。ミーコは太一がまだ幼稚園の頃に拾ってきた雌猫だ。年齢を考えれば無理からぬことはいえ、なにしろ太一のアパートの部屋には電話がなかったし、だから太一がときどき公衆電話から連絡を入れるか手紙のやり取りをする以外、日常的に実家の近況を確かめる術がなかったこともあって、電話口で愛猫のウィルス感染と死を突如冷静に語りだす母の声は、半眼で運命の変転を告げる村のババさまのお告げのように酷薄な印象を与えた。

——百倍の反論が返ってくるに違いないから、決してそうは口にしないが……。

大学生活はまずまず順調だった。教養課程の授業はおおよそ真面目に熟して、問題のない程度の成績を収めている。来年度からの専門課程に備えてギアを上げていかねばと思ってはいるが、いまのところは、小さな演劇クラブ「菜摘」の活動にかなりのエネルギーを割いている。

「菜摘」は太一の通うA大学をベースに、他大学からも何人かが参加している十数名の劇団で、レギュラーメンバー以外にも、美術や衣装の面でサポートしてくれる準部員のような仲間が結構大勢いた。当初、太一は脚本を書くことに興味を抱き、短編を実際に一本書いてみたのだが、なかなか思うようには仕上がらず、この一年は役者兼大道具のような役回りで、舞台の設計や背景の作成をしたりトランペットやキーボードで音響効果の手伝いをしたりと、何でも屋的に仕事を引き受けている。

「菜摘」の主幹として脚本と演出を手掛けている益子さん、役者のえりかさんなど、何人かの先輩は本気で芝居に取り組んでいた。つまり、プロになる気で活動している。彼らを中心に、舞台という場の可能性や演ずるという行為の持つ潜在的な力、演劇の社会的な意義や役者と観客との関係性など、さまざまなトピックについて気軽に語り合い、ひとつの舞台へと擦り合わせていく過程は刺激的で、解放的で……、動作と表現の錬金術的な一体感へとつながる、眩暈のような瞬間を感ずることもままあった。

意見の対立や演出への疑問、役作りや表現の解釈に関する見解の不一致などは毎日の雑談や練習で頻繁に表出するし、太一も、益子さんとはまるで傾向の違った脚本を書いてみたいという願望を相変わらず抱いてはいたのだが、「菜摘」の仲間と過ごす時間はやはり楽しかったし、太一を含め、団員の誰もがさまざまな形で何らかの形容しがたい魅力を舞台に感じていることは確かだった。

ただ、この一週間ほど、太一は「菜摘」の部室に顔を出すのがちょっと億劫になっていた。学業にも集中できずにいる。原因は、「菜摘」の仲間である鏑木ゆいに思い切って気持ちを打ち明けたという、その一事に尽きる。カラッとした笑顔で秒殺されてしまった太一は、うんわかった、いつもどおりにしててくれたら嬉しいかな、などと強がってみせたのだが、これまでどおりに振舞えないのはむしろ太一の方だった。

心の片隅では多分わかっていたのだ。鏑木さんは益子さんに魅かれている。ただ、彼女の視線や面持ちや素振りの意味するものを直視すること、つまり先輩に向けられた彼女の恋心をそれと認めてしまうことは、どうやら「太一」という昨日までの自分にとって耐えがたい苦痛であったらしい。「らしい」というのは、実際にフラれてしまうまで、現実から目を逸らしている自分に、どうしたわけか太一はまるで気付かずにいたからだ。鏑木さんは、望ましく愛おしいすべてを体現しているように思われた。そのひとに、益子さんや他の誰かの指が触れるなんて、想像するのも嫌だった。……いまでもやはり嫌だ。ただ、その彼女自身の気持ちを自分は正視できず、尊重することもなかったという気付きは苦く、重かった。そうした自分のガキっぽさ《ナイーブテ》や、情動に引きずられ盲目的になっていたという事実に対し、太一は自らの感情をどう動かせばいいのか、どう動かすことができるのか、なんだかちょっとわからなくなっていた。

　ミーコが死んだと聞いて衝撃を受けたのは、太一がミーコを溺愛していたからというわけでは……必ずしもない、と思う。もちろん白毛に近い三毛猫のミーコはまんまるの目がかわいらしかったし、小さな頃から一緒に育ってきた経緯もあって、妹の明花にしばしばからかわれる程度には愛着を持っていた。「お兄ちゃん、ミーコに話しかけるときは声が変わるしね。あんまりお近付きになりたくないって感じ？」などと明花は憎まれ口をたたくのだが、愛猫と話すときに声が変わるなんて、世界共通ではないのか。
　いずれにしても、母の「お告げ」が太一にもたらしたのは悲しみや喪失感というよりは、ある日常がすっぽりと抜け落ちることの不可思議、不可解、理不尽といった感覚で、それが喪失感だと言われるなら否定はできないが、寂しさや虚しさをことさら強く感じたというわけではなかった。ミーコが遅かれ早かれこの世界から消え去ることはわかっていた。頭をグリグリ押し付けてくる小さな姿を思い浮かべると、懐かしくて心がキュッと締め付けられはするが、それは予想の域を超えない感情の動きだ。太一にとって意外だったのは、むしろ、世界との結び付きがごっそり「向こう」に持っていかれたような、形容しがたい、抽象的な感覚に自分が囚われてしまったことだ。その感覚をうまく把握し切れぬままに腕に抱いたミーコの暖かさを想うと、なぜか、太一の片恋も、その感触と同じように暖かな、どこか遠くの思い出であったように感じられた。

それがどういうことなのか、手痛い失恋のおかげで感性に不具合が生じただけなのか、それともミーコのくれたメッセージと受け止めるべきなのか……、太一にはどうにも判断できなかったが、ミーコはそこまで主人思いの忠猫ではなかったような気がするから、きっと、情感的イベントがいくつか絡み合ってうまい具合に無風地帯を形成してくれたのではないかと、とりあえずはそう思うことにした。

……思うことにしてみたのだが、直観に従うなら、おそらくそれは間違ったへりくつであったに違いない。スッキリした気分も前向きの展望もまるで開けてこない。片恋の

8

ときと同じように、太一は自身を騙しているだけなのかもしれなかった。

太一は多分、本当は寂しかったのだ。ミーコは、たとえば土の中からクネクネ姿を現すイモムシやミミズのような、あるいは海中の岩面にびっしりとこびりついた幾億ものの動植物のような、どろどろとした膨大な生命に触れるのを本能的に怖がっていた幼い太一を、少しずつ世界と取り結んでくれた。ときにはゴキブリやネズミの死骸を見せつけるという野蛮なやり方で、ときには愛猫家の大人たちとの会話を取り持ってくれるという、もうちょっと文化的?なやり方で。そのミーコがもうどこにもいないというその感触は、きっと、ひどく寂しいということなのだろう。もちろん、太一はイモムシを怖がっていた頃の小さな子供ではない。けれど、失恋の痛手からヒトの世界に対しちょっと尻込みしている現状について、今度は自身がいなくなることで、ミーコは逆説的に、世界とのつながりは、いかに残酷なものであってもそのじつ楽しいよ、ほら暖かいよ、と示してくれるようにも思われる。

ただ、それもまた太一の単なる感傷にすぎないのかもしれないという気分は、胸底に根強く残っていた。平気な顔で日常に立ち戻るのは簡単だ。そのようにただ振舞えばよい。けれど、その大根役者ぶりを意識から完全に遠ざけるには、いま少しの時間か、もうひとつ、何かのきっかけが必要であるように太一には思われた。

発掘

高校時代の同級生である斑木や細井と飲みに出かけて、斑木から発掘調査に参加してみないかと誘われたのは、ちょうどそんなときだった。

「別に素人でも問題ねえぜ。俺たちだって考古学クラブってだけで、考古学専攻してるわけじゃねーしな。現場の責任者の指示にきっちり従ってりゃＯＫさ。ま、根気ゃいるけど、なっかなか楽しいんだぜ」

「近場の縄文遺跡か。……行ってみたい気もするかなあ。『菜摘』はちょっとお休みもらってるし」

太一は、ちょっとした気分転換にいいかな、くらいの心持ちで適当に相槌を打っている。

「俺はムリ。こないだから腰が痛えんだ」

水割りをちびちび飲みながら細井がだるそうに呟く。高田馬場の店から場所を移して

8

の二軒目。話題も尽きかけ、もう終電を気にし始める時刻だ。

「で、たとえば珍しい土器とか掘り出したことはあるん？」

「ああ、ほぼ完形のやつは、俺は二度っきゃねえかな。けど、先輩にすげえひとがいてさ、東北のサイトだが、なんか不細工な土偶とか、いろいろ見つけた写真が部室にあるんぜ」

「見つかると嬉しいもんかな？」

「そうな。土ん中になんか見えてくると、こう、グッと引かれるっつうか、遺物だけじゃなくてな、遺跡全体の形が判るようんなっと、なんつーか、遺跡がリアルな生きものになるっつーかな、怪しげな雰囲気がするんよ」

隣を見ると、細井は肘をついたまま眠りかけている。

「そっか。そりゃなんか、舞台設計を生きたものにするってのと似てるような気もするかな。役柄とか背景の世界とか降りてくるみたいな舞台が作れないかって、いつも言ってんだけどな」

太一はくしゃくしゃのカバンを拾い上げながら細井の肩をつつく。

「細井、帰るぞ。起きろよ」

「そうな。やっぱ、丹念に土削って、何に使われてた土器なんだろとか、どんな建物だったかとか、ずっと妄想してっかんな」

斑木も立ち上がりながら、細井の肩を支える。細井は「だいじょうぶ、だいじょぶだから……」などと言いながら目をこすっている。

「考古学とは関係ないんだけどな……」

歩き出しながら太一はポケットからガラス片の付いた金属棒を取り出す。ミーコの寝床にあったから、と母が送ってきたものだ。

「うちの猫のおもちゃになってたんだけど、これ、俺が小さいときに砂山で掘り出したんだ」

太一が十センチほどの金属棒を掲げると、ガラスの中の小さな亀裂が街のネオンを反射して光をまとう。表面は細かな傷でくすみ、それが内部の鋭角的な反射をくぐもらせる。

「元々何だったんか、考えたことなかったなあ」

何かの装飾品だったのか、機械部品だったのか、手の中でくるくる回してみてもその本来の用途はまるで判らない。

「これ、もう一回埋めとくと、そのうち勘違いした斑木博士が発掘してくれるかもしんないな」

金属棒で斑木の肩をトントンつつく。

「おう、遣隋使時代の渡来品にちげえねえって鑑定してやんぜ」

「ふぁあ……んにゃ、縄文時代のオーパーツだろう……」

斑木の言葉に、少し目の覚めたらしい細井が大あくびをしながら応じる。

8

発掘のサイトへと実際に足を運んだのは、冬休みも終わり間近の土曜日だった。神奈川県の小さな駅のホームに降り立つと、冷え込んでいた年初から一転、心地よい陽射しが心を浮き立たせる。駅前で、故郷《くにもと》から戻ったばかりの斑木と待ち合わせ、立ち食いそばで朝食を済ませて現場へと向かう。

遺跡はさほど大きいものではなかった。宅地として一帯が開発されるのに先駆けて調査を行い、出土状況によってはサイトの保存も視野に入れるというプロジェクトの一環らしい。発掘隊のリーダーである、まだ三十代と見える井川先生から簡単な注意と説明を受けると、考古学専攻の佐橋という学生と組んで、適宜指導を受けながら掘削を開始する。

土色の変化に気を付けながら少しずつ土を削り、土器片を傷つけないようていねいに土を取り除いていく作業は、太一の心を落ち着かせた。佐橋さんのアドバイスが簡潔で最低限のものであったためか、容易に目の前の小さな空間に意識を埋め込むことができる。三千年以上も昔に、いま土の中から顔を覗かせている土器片や石器らしきものに触れ、それらを作り、出来栄えを喜び、日常の中で活用するひとたちがいた。そんな図やイラストは小さな頃から幾度も目にしてきたが、現場にしゃがみ込んで有機物を存分に含んだ土の匂いに身を浸していると、太古に営まれた生々しい生活のさざめきがこの場に降り注いでくるような体感を覚える。斑木の言ってたあれかな、と太一はひとり悦に入る。風の渡る音や小鳥の囀りとともに、あちらこちらから流れてくる話し声にタイムスリップの幻想を重ねながら、太一は黙々と土を削っている。


「おそくなりました、すみませーん」

昼休みになって斑木と一緒に弁当をつついていると、どことなく聞き覚えのある声がして、遺跡脇の作業場にスラリとした長髪の女性が現れた。藍色のダボっとしたつなぎが、やけにおしゃれに見える。

「だいじょうぶだよ。ちゃんと事前に連絡もらってたからね」

スタッフと話していた井川先生が右手を上げて返事をすると、女性はサングラスを外しながらサイトを見渡す。

「随分進みましたねえ、この三日で」

「ああ、河本くんがいないとみんな和気あいあいだからね」

「どおゆうイミですかそれ」

「いや、土器の扱いがなってないとか、茶々を入れる怖いお姉さんが……」

「それって、ホントは先生の仕事ですよね」

井川先生と親しげなようすで話し始めるが、何気なくそのやりとりを眺めていた太一は途中から目が離せなくなった。勘違いかもしれないと思いつつも、声をかけずにはいられない。

「みさちゃん……？」

小声での呼びかけに、女性はこちらを訝し気に振り向く。

「え、ひょっとして、太一くん？」

驚いたような瞬きからパッと破顔して駆け寄り、美咲は太一の手を握る。

「うわあ、ホントに太一くんだ。なきむしの」

「おまっ、いきなりそれはないだろ」

「ごめんごめん。サッカー少年というべきだったね」

笑いながら、握った手を放し、二の腕をパシパシ叩く。発掘現場の皆がこちらを見ている。美咲は髪をゴムでまとめながら、近くの机にあった資料をパラパラめくり、何かの確認を口にしてから、

「先生、この太一くんがわたしの考古学的原点なんですよ」

唐突に顔を上げて話し出す。

「へえ、そりゃすごいね」

井川先生はニコニコしているが、何をどう理解しているのか太一には見当がつかない。

「原点てなんだよ……」

太一が戸惑ってみせると、

「えー、だって砂山で地面を掘るといろんなものが出てきて面白いって、教えてくれたの太一くんじゃない」

8

忘れてるなんてひどいと言わんばかりに、美咲は口をとがらせる。太一もなんとなくは憶えている。初めて美咲と会ったときのことだ。けれど、それが原点と言われても、太一にはいまひとつピンとこない。

「ときどきあそこの砂を掘って、いろいろ集めたんだよ。おはじきとか、竜の形の流木とか、メノウや黒曜石のかけらとか……」

太一のスッキリしない顔を見てか、美咲は言葉を重ねる。

「そうなんだ？」

「そう。いまでもコレクションがちゃんとあるんですからね。わたし、できれば中米のマヤについて調査したいんだけれどね。そこで大発見したなら、わたしの原点はＳ市の砂山ですってコメントするよ」

「うん、それは砂山にとってありがたいのかどうか、よくわかんないね」

なんだか久しぶりに、誰かとのびのび言葉を交わしているような気がしてくる。

その日の午後は、遺跡の計測や図面の作成、土器の整理、分類、復元など、美咲の案内で現場のさまざまな作業に少しずつ触れさせてもらった。本来の発掘バイトの仕事ではなかったようだが、「また来てくれるよね。だからこれは投資。いろんな作業ができる助っ人がいたら、わたしたちだって助かるし。ね、先生?」という、美咲のやや強引としか思えない理由付けがなぜかまかり通っている。

その日は三人で軽い夕食をとり、改めて斑木を紹介したり、小学校卒業後のあれこれを互いに伝え合ったりした。砂山の話でふと思い出して、このごろいつもポケットに入れているミーコの「遺品」を美咲に見せると、

「へえ、なんだかわからないね。先史時代のオーパーツじゃない?」

細井と同じようなことを言うので、斑木は嬉しそうにニタニタしている。

「きっと砂山には古代の宇宙船が埋まっているのよ。その部品に違いないわ。さすが、わたしの原点!」

ワイン一杯で頬を染めている美咲を相手に、太一たちは砂山発掘計画の話で盛り上がった。

8

上演

再会を約して美咲たちと別れた太一だったが、帰りの電車でその頭を占めていたのは、新たな脚本の構想だった。

気分が浮き立ち、無数のヴィジョンの欠片が胸を廻る。尖った印象だけを拾い上げ「今日」を意図的に再構成してみるなら、遺跡という小さな舞台に立つ美咲たちは、太古の人々とともに無辺の宇宙と対峙しているようでもあったし、小さな土器片には、重層的な思いとメモリが魔法のごとく刻まれているようでもあった。その幻想が太一の何かを刺激する。

美咲は、いつも不思議なタイミングで太一の前に姿を現す。その不思議のしっぽを、いま、この瞬間に捉えておかなければならない。太一はカバンからメモ帳を取り出し、揺れる電車の中で、思い付くままに乱れた文字を書き記していく。

二週間で書き上げた脚本は、そう悪くない出来だったと思う。益子先輩の同意のもと、新入生勧誘の時期に合わせ「菜摘」内の小グループによる上演が決まった。

出演者の少ない舞台であるとはいえ、益子さんの演出するメインの芝居が同時期に予定されているため、大道具や照明など、不足している助っ人の人材は何としてでも掻き集めなければならない。後期の試験に集中して取り組むためにも、春休み中の練習期間に駆り出す人材は早めに確保しておく必要がある。太一はキャンパスの内外を駆け回ることになった。

――物語の舞台は、魔法の失われて久しい「魔法世界」。魔法使いがほぼ姿を消してしまった現在、「魔法」は古代の迷信と見做されている。主人公ヒロの恋人ナギは、幼い頃から抱いていた魔法への憧れを捨て切れず、暇さえあれば古文書や魔法伝承の残る各地の遺跡を調査して回るような少女。そのナギが、旅先で消息を絶つ。ヒロは彼女の行方を追って、残された手記や発掘品を手掛かりに各地を巡る。

ナギが滞在していたと思しき遺跡近くの森で、ヒロは、衰弱し倒れている仔猫のチコを見つける。ナギが可愛がっていた、成長しない仔猫だ。その首には、ナギの父の形見だという古い石のペンダントが掛けられている。チコを介抱しつつ、ナギの手記を読み進めることで、チコが、伝説で語られる「精霊」であることにヒロは思い至る。ナギの

8

考究によると、魔法とは基本的に精霊魔法であり、いわゆる「魔力」なるものは存在せず、魔法の力は「負のエントロピー」の流れを操ることで行使されていたらしい。

このエントロピーという言葉をできるだけ使用せず、かつ物語の背景を噛み砕いて提示することに、太一はよほど苦労した。魔法世界の物語で「エントロピー」の語が台詞にちりばめられるのは、どうにも場違いでウソっぽい感じがするからだ。けれど、この概念をまるで使わないと、背景世界の提示は難しくなる。「この我々の世界では『散ってゆく運動、乱雑さの増す動き』があまねく作用するなかで、力を消費しながら『形へと収束しそれを維持する運動』を局地的に生み出すことによって生命や文明が成り立っている……」といった舌足らずの解説を加えるわけだが、おかげでストーリーラインが見えにくくなる。しかしこれはどうしても必要で、というのも、「我々の四次元」の裏側に、エントロピーの減少を物理法則とする「もうひとつの四次元」が物語では想定されるからだ。

太一は、劇の冒頭にのみ「エントロピー」という言葉を使った説明的なナレーションを入れること、また、視覚的演出によって「散ってゆく運動」と「収束する運動」を伝え、過去においてナギが裏の世界を発見する一場面を挿入することによって、どうにか舞台の形を整えた。

想定としては、「精霊」は「こちらがわ」とはちょうど逆の生命で、本来負のエントロピーが普遍的に作用する世界において、小さな開放系内で正のエントロピーを確保することにより生体構造の適度な分散状態を維持している。いうなれば、「こちらがわ」とは逆向きの時間での生命維持に適応している。したがって、こちらの世界では、開放系内で局所的な負のエントロピーを形成する生命体、たとえば人間などの大きな生き物への寄生に近い形でなければ生きていけない。そうした不自由を代償として、精霊は「向こうがわ」の負のエントロピーの流れに「こちらがわ」からアクセスすることが条件次第で可能となる。それが「魔法」のエネルギー源となる。

問うべきは、どうして精霊たちが「こちらがわ」にいるのか、また、どうして歴史の中でその数が減り、魔法の実質的消滅という事態に及んだのか。また、ナギの失踪がどのようにチコや魔法と関わっているのか。さらには、どのような条件で「こちらがわ」と「向こうがわ」の接触は引き起こされるのか。物語は、そうした疑問を解き明かしつつ、ナギ失踪の謎に迫っていく形で進行する。

ペンダントのメッセージに認められる時間的矛盾。微かな父の心象に対するナギの思い入れ。「こちらがわ」と「向こうがわ」で時間の向きが反対であるとはいえ、実際は字義どおり逆向きの事象が発生するわけではないという事実。にもかかわらず、向こうの世界とこちらの世界で特権的な「いま」が重なり、過去と意識を重ねることが可能となるかもしれない特殊な瞬間。そして、チコの助けを借り「向こうがわ」へと足を踏み入れたナギ……。

ヒロは、どんな困難があろうと、必ずナギと再会を果たすことを決意するが……。

２０Ｘ Ｃ年十月

目が覚めて、しばらくぼうっとしていた。

頭が働いていないわけでは……多分ない。ただ、今朝方見た夢で、時間の遡行をテーマにした若い頃の創作と、その作成のきっかけとなった一連の事象をもう一度体験することになった。インパクトの強い経験に関わる夢については、自分史の修正がなされた軌跡ではないのかと、もう二年もあれこれ想像を重ねてきた。そのせいか、夢の中で入れ子のように時間逆行についての考察がなされるというのは、無限を示唆するだまし絵を見ているような印象を心に残した。

そもそも、あの脚本を書いた経緯があればこそ、いまも過去の変動などということを思い描いているのか。あるいはその逆で、改変を受けた個人史についてこれまで考えてきたという事情が、過去の自分にあの芝居を書かせるよう作用したのか。現在から過去への影響伝播が実際にあるとするなら、その問いに答えなどないことはわかっているのだが、やはり、自身の経験を、時系列的に因果関係をたどり得ない事象として受け入れるのは難しい。過去の改変なんてどうしたって妄想の産物でしかないんだろう、と肩をすくめたくもなる。

今朝の長い夢にしても、意識の俎上では矛盾のない明瞭な内容を持っていたから、いまも思い起こしつつノートに記しているわけだが、そのどこに未来を軌道修正する契機があったのか。ミーコの死はいずれにせよ避けられなかったことだろうから、鏑木ゆいに思い切って告白したことで流れが変わったのか、それとも発掘調査に赴いたことが重要なのか……。だとすれば、移民に関わる歴史考古学的考究を行ってきた太一の経歴自体が影響を受けている可能性もある。そんなことがあるだろうか。

8

ドアをノックする硬質の音にハッと首を起こす。ベッドの背もたれに寄りかかって、少しウトウトしていたようだ。膝の上には夢についてのノートが開かれている。

「たいちさん、だいじょうぶ？」

亜理紗がドアの隙間から顔半分を覗かせる。

「もう十時半ですよ。体調でも悪いの？　朝ごはん、どうする？」

尋ねられて、空腹を自覚する。

「いや、どうしたんだっけな。ノートを見てたみたいだけど、うん、朝ごはんはいただくよ」

太一がベッドを降りて歩き出そうとすると、

「まず、ちゃんと着替えて顔を洗ってね」

亜理紗はシャツやズボンの掛かったハンガーを指さす。どうせ寝坊したんだから、いっそ一日このままでいいじゃないかと思いながらも、

「ああ、そうだね……」

太一はのろのろとパジャマを脱ぎ始める。体の節々が痛い。

こわばった体を動かし身支度を整えていると、――不意に、夢で見た、「菜摘」公演のカーテンコールが脳裏に蘇った。

『時の向こうがわ』は、まずまずの成功を収めた。やはり、描こうとした世界の背景が観客にとっては難解だったようだが、その難解さも相俟って異界探訪の気分へと見る者を誘《いざな》ったようで、そこそこ大きな拍手をもらったし、凍りついた時の中でヒロがナギと心を交わす場面では、まだ劇が終わっていないのに拍手をくれる観客もいた。あれは楽しかったな、と太一は歯ブラシを動かしながらひとり頷く。ただ、あの作品は、演劇活動に一区切りをつけ学業に専念するためのけじめとして書き上げたものだったから、演出や脚本上の問題点がいくつか明らかになったものの、その後、改稿に取り組むことはなかった。あれからずっと、演劇からは遠ざかっている。

俄かに空腹を覚えて腕時計を見ると、もう十一時だ。随分寝坊したものだ。昼食前に、お菓子でも食べてごまかしておこうか。冷蔵庫の中に何か残っていただろうか。お昼には、簡単に作れるラーメンか何かがあっただろうか……。

太一は飢餓感を耐えがたく感じながら、のそのそと階段を下りる。

9

帰国の背景――五十八歳

太一が少し早目に退官したのには、無論理由があった。

憶測でしかないが、一般的な史学専攻のまま大学院でも同じ路線を踏襲していたなら、さらに早く職を辞すことになっていたのではないかと思う。歴史を学ぶということは、ヒトの織り成す無限のタペストリーを前に純粋な興味と驚嘆を追いかけていく行為であると同時に、一見当たり前に見える自分たちの「いまここ」に潜む深層を覗き込み、その道具立てを時間軸に沿って解明し、その広範な場に息づくヒトの思考と感情と意識のあり方に迫ろうとする試みのひとつであると太一は考えてきた。だからこそ太一は史学を選び、文献からは零れ落ちがちなヒトの営みを遺跡や廃棄物から掬い取ろうとし、同時に心理学や人類学との学際的アプローチについても熱心に模索した。もしも考古学寄りのスタンスで多角的なリサーチをしていなかったなら、ヒトと世界のなす緻密で巨大ならうねりを前に感じてきた、あの憧れの気持ちを保ち続けるのは難しかったのではないだろうか。

ただそれでも、五十代も半ばになると、これまでの業績の延長線上で思考を展開し、学会で求められているテーマを無意識のうちに追っている自分、あるいは、学生の興味を未知の何かへと惹きつける努力に疲れを覚えている自分に折々気付くことになる。

研究への意欲がなくなったわけではない。大学院に入った当初は米国への日本人移民についてリサーチを行ったが、その過程で、移民たちの自己表現や自己表出の方法の推移、さらには自文化について抱くイメージの変容などに関する興味が深まった。その興味は後に、文化と伝統を有する集団での比較的見えにくい、本質的な変遷を探る研究へとつながっていく。具体的には、考古学的データから見るアメリカ先住民の文化変容の解明、特に、たとえば馬や鉄砲の受容だとか病気による人口減少といった可視的な変化と通底した、しかしそれとは異なる、地味で着実な変移の解明を試みることになる。そこで太一が最も注目したかったのは、先住民による世界および自己の捉え方の変容だったが、それを具体的に語るデータの収集と解釈はかなり難しい。結果として、専門誌に発表する論文はより客観的裏付けの取りやすい歴史的・考古学的発見や観察を中心とし

9

たものとなった。

アメリカ先住民についてのリサーチは継続したが、「世界と自己の捉え方」のような、内面世界と客観データの複雑に入り組んだ総体を考察するうえでは、母国である日本についての方が太一にとって有利ではあった。子供の頃から慣れ親しんだ、しかし不透明であり続けた「日本」という社会への興味を太一は常に持ち続けていたから、その研究、少なくとも「趣味的」な傾きを持つ研究は次第にまた日本関係にも及ぶようになる。

趣味的と言っても、いいかげんな論考を行うということではない。直観をベースにはしているが、興味にまかせて考え抜いた論理に沿って、目の前の、そのまま受け入れるほかないように見える圧倒的な世界の背後へと、一歩、あるいは二歩踏み込んでゆく。ただ、そうした論述は、多くの場合専門誌での出版が難しく、発表するとしても雑誌に短い記事を載せるか、一般向けの本を書き上げる形での公表とならざるを得ない。

要するに、興味の対象が時とともに少しずつシフトしてきたことから、太一は大学での職を少し窮屈に感じており、研究と著述に、そして自由な思索に使う時間がもっと欲しいと常々願うようになっていた。日本人の文化的・精神的変遷についても、できれば情報を直接手にしやすい環境に身を置きたいと望んでいた。父母が相次いで亡くなり、少なくない遺産を残してくれたこともあって、綾乃の大学進学を機に、太一は妻の亜理紗と息子の歩を連れて日本に帰ることを決意した。

ただ、日本への帰国が果たして真に望ましいことであったのかどうか、太一はときおり考えずにはいられなかった。結局父母に何も返せぬまま、二人いずれの死にも立ち会うことができなかった。歩や亜理紗にとって日本での生活が快適なものだったのか、また、自分は米国にいるときよりも深く考究を進められているのか……。問うても仕方のない問いであるとはわかっていながら、太一は度々そのことに思い悩んだ。

五十八歳で帰国し、東京近郊に居を構えた後に記した太一の日記には、そうした当時の悩みが幾度となく記されている。

帰国

父危篤の知らせを受け、急遽休暇を取って日本に帰ったのが今月の十日。結局、父を看取ることは叶わず、葬儀やさまざまな手続きを手伝いはしたが、その過半を妹の明花

9

にまかせて太一は十日余りで米国へと舞い戻ることになった。遅れて日本に到着した亜理紗と子供たちは、亜理紗の実家のある小倉にいまは滞在しており、後ほど帰米する予定となっている。

成田からシカゴへと向かう機内で、しかし太一は、年度内の退官と日本への拠点移動についての決意を固めていた。当面は太一ひとりが実家に戻ってくればよい。家族については、今後の見通しをゆっくり話し合ったうえで最良の選択をしていく。二週間前はまるで心になかったそんな計画を実行しようと考えるに至ったのは、日本での短い滞在を通していくつかの発見と再会があったからだ。

父惣士の遺品は、母がほぼそのまま手元に置いておきたいと望んだこともあって、整理に手間取ることはなかった。ただ、生前は覗くことのなかった引き出しや古い文箱の中を確かめてみると、これまで知らなかった、知ろうとも思わなかった父の日常がそこには埋もれていた。

たとえば、父の残したスケッチの数々が引き出しの底や書棚の本の間に重ねられていた。いくつかは、フォーヴィズムを思わせる意外に個性的なタッチで、太一は奇妙な感銘を受ける。母によると、数年前まではスケッチブックを抱えてちょいちょい散歩に出かけていたらしい。妹の明花が、水彩でわずかに彩色された、松林からの港の遠望の一枚を選んで額に入れ、居間に飾った。なかなか趣深い。

文箱には、変色した小さな手帳が古びた書簡と一緒に収められていた。開いてみると、母と父、そしておそらくは父の友人が詠んだのであろう俳句と短歌が、詠者の名や日付とともにびっしり書きつけられている。これも母に尋ねてみると、「あら、はずかしい」と目を横に逸らしながら、比較的最近まで二人でときどき句会にも参加していたのだと教えてくれた。若い頃に二人で句を詠み合った時期があり、父が退職してから「頭の体操」としてまた始めたのだという。

「句会の皆さんにも、一度ごあいさつにうかがわないとねえ。ご無沙汰しているし」

母はため息交じりにそう話すが、その姿には、口にするとすぐ行動せずにはいられなかった若い時分の、あの生気が見受けられない。父が亡くなって一番力を落としているのはやはり母なのだろう、と太一は改めて思う。

葬儀が終わり弔問客も訪れなくなると、明花と太一は時間を見つけて母を戸外へと連れ出すように努めた。母はまだ足腰がしっかりしていたけれど、ふさぎ込んでいたので

9

は精神面から生活が崩れてしまいかねない。幸い、秋晴れの穏やかな日が続いた。

軽く近所を歩き回るだけのこともあったが、買い物に付き合って、行きつけの店の主人や店員さんと話すこともあったし、母がよく歩く散歩道を案内してもらうこともあった。「喪中なんだから、あんまり出歩くのもねえ」と母は洩らすのだが、太一がアメリカに帰る日が近付くと、句会へのあいさつや、母がいまでも通っている英語教室に太一を伴って出かけたりもした。

句会へは母と明花との三人で赴いた。予め母が連絡を入れておいたらしく、公民館の一室のドアを開けると、既に会はかなり進行しているようすだった。太一たち三人は軽く会釈をして部屋の後ろのパイプ椅子に腰を下ろす。披講も終わって、その日の秀句に選ばれたひとは嬉しそうに、選ばれなかったひともちょっと気の抜けた笑顔で雑談を始めると、近くに座っていた二人の婦人が振り返って、母に「お久しぶりです」と話しかける。会の進行を務めていたのり子さんという六十代と思しき女性が、一同の注意を集めるべく腰を上げた。

「皆さま、初めにも申しましたとおり、今日は久しぶりに喬子さんがお顔をお見せくださいました。ご家族もご一緒です」

のり子さんは父の死に触れて哀悼の意を捧げ、今日母が参会したのは、句会のメンバーにお願いがあってのことだと皆に知らせる。

「ご存じのとおり、ご逝去された惣士さんはすばらしい歌人であり俳人でいらっしゃいました。わたくしたちの句会でもたくさんの句をご披露くださいましたが、喬子さんのお話では、お若い頃からの作句が他にもたくさんあるということです。喬子さんは、ぜひ皆さまのご協力を得て秀句を選び、句集を出版されたいとお考えで、わたくしとしても、微力ながらお手伝いさせていただきたいと存じ上げる次第です」

具体的にどのように句を選びどのような本にするのかについては、母自身に腹案があるということで、母が立ち上がってあいさつする。生前の父が句会を楽しみにしていたこと、特選に選ばれたときなどは子供のように喜んでいたことなどを、感謝の言葉とともに述べた後、俳句と短歌を一定数選んで、その句の背景と、それを推してくれた句会メンバーの寸評とを合わせて一冊の本にしたいと母は語る。

「これは、ひょっとしてですけれど、句によっては、同じ折に詠まれた他の方の句と合わせることで、より鮮烈な印象を与えるものもあるのではないでしょうか。喬子さんとのやり取りなど、特に」

9

小さく手を上げてニコニコ発言するご老人に、母は笑みを浮かべながら、
「喜一さんのおっしゃるとおりかもしれませんね。私の句を入れるというのは、ちょっと、お恥ずかしい限りですが……、惣士の思い出を綴るという意味では、とてもよいご提案かと存じます……」
照れたように目を伏せるが、その表情には、家族の前では見せない、自然なつややかさがあるように太一には感じられた。

自分のまるで与り知らぬ場で父と母の確かな日常が広がっていたという事実は、嬉しくもあり驚きでもあったが、当たり前のことを当たり前と認識していなかった自身の迂闊さに、太一は今更のように気付く。母には母の世界がある。それは、とりあえずの安心感をもたらしはしたが、同時に、父という大きなピースが欠けることで、その平穏な世界は否応なしに砕けていくのではないかという危惧をも太一に抱かせた。母の健康状態が必ずしも思わしくなさそうであることも、太一の心配を大きくした。

日本に戻る決意を後押しする出来事は、他にもあった。

故郷の町で太一は幾人かの古い友人と久々に言葉を交わしたのだが、そうした折、高校の同窓で、わざわざS市まで足を運んでくれた斑木は、日本に戻ってこちらで教える気はないだろうかと太一に尋ねた。彼は県内にあるD市の大学で教鞭をとっているが、その大学では、国際交流プロジェクト関連で、日本の歴史・文化に詳しく英語による指導のできる教員を募集しているという。採用されれば特任教授の扱いとなるが、具体的な待遇についてはおそらく交渉が可能で、付属博物館の研究員を兼ねることもできそうだとのこと。

「交流っつっても、たいした規模じゃねえしな。なんたって、大学経営への参加権も参加義務もねえってのが、東野の性に合ってんじゃあねえかな」

斑木はしたり顔でそんなことを言う。

「もっとも、東野が日本に帰って来てえってんが前提だがな……」

「だけど、応募したってはじかれるかもしんないだろ」

太一は常識的な懸念を口にする。

「そりゃ、公募だかんな、可能性は否定できねえが、正直なとこ、東野ほどこのポストにぴったしの人間てそうそういねえぜ。ま、応募すんなら早めにした方がよかろうが」

9

日本に引き揚げる。それをいま真剣に考慮すべきなのかなと、これまで将来のこととして漠然と抱いてきた心づもりを太一は改めて意識に上せる。

「まあなあ、ウチは地方の大学にすぎねえが、結構なんでも自由だし、なんつうかな、地方ってのを生かして小っさい世界を深く覗くんも大事《でえじ》だって、このごろは特に思うんよ。小っさい社会を見てると、グローバルな動きも見えてくるみたいんとこもあっしな」

太一は、確かにそうかも、と心中で同意しつつ、

「それにしても、斑木は講義のときもそんな喋り方をするのか？」

話しながら感じた疑問を口にする。

「いや、さすがにこのまんまじゃねーけどな。もちっときちんと話すが、ゼミの学生なんかにゃバレちまうあな」

斑木はそう言って笑う。

もうひとつ、太一の気持ちを後押ししたのは、成田から飛び立つ前日。劇団「菜摘」の先輩である益子さんとの、大学時代以来初めての再会だった。

益子さんは大学を六年で中退し、引き続き「菜摘」を主宰しながら、現在も作家・演出家として一部の根強いファンに支えられ精力的に活動している。帰米前日の夜に、その「菜摘」の芝居が渋谷で上演されると知って、太一は劇場へと足を向けた。疲れてはいたが、懐かしさと興味の方が勝っていたし、「菜摘」公演のポスターを目にしたのがただの偶然とは思えなかったのである。

幸い当日券はまだ残っており、正面のいい席を確保できた。公演の後に楽屋を訪ねると、益子さん以外にもいくつか知った顔が見える。益子さんたちも太一のことは憶えていてくれたようで、いまから飲みに行かないかと誘われた。翌朝早くにホテルを発つ必要があったため、近くのコーヒーショップに少し立ち寄って旧交を温めることとなった。

そのときの会話は、互いの近況報告や大学時代の知り合いに関する情報交換がほとんどだったのだが、益子さんは「ああ、そういえば……」と、中空を見据えるようにして、

「なんだっけ、精霊の出てくるお話、東野くんが書いたんだったよね」

と尋ねてきた。

「えっと、『時の向こうがわ』ですよね、三年の春に上演した」

「そうそう。東野くんに会うことがあったら言おうと思ってたんだがね、あの脚本、出

版する気はないかね。少し手を入れてさ」

どう応じようか太一が迷っていると、

「あれは……、いまでもイケるよね。活字にして残しておくべきだ。パンフに背景情報を入れるといった指示を予め脚本に盛り込んでおくとか、解りやすくする工夫はいっぱいあるよ」

三十年以上前の作品に対する思いがけない評価に、太一の頬は少し緩む。

「ああ、でも自費出版になるでしょう?」

「うーん、懇意にしている演劇関係の出版社なら、僕がうまく論評して強く推せば、向こうでやってくれる可能性はあるかな。もちろん最終稿の出来次第だけどね」

太一は「なるほど」と頷いて、時計をチラリと見やる。そろそろホテルに戻った方がいい。

「わかりました。検討してみます。古い原稿を読み返すのは、ちょっと怖いですね」

コーヒーショップを出て、このあと予定どおり飲みに行くという益子さんたちに手を振り、太一はぼんやり上の空で歩道をたどる。芝居のことなど、ずっと太一のTo-Doリストにはなかった。気になってはいたし興味は持ち続けていたから、米国でもときおり観劇を楽しんではいた。けれど、自分がその作成に携わろうという気持ちからは遠ざかっていた。まあ、そんな暇もなかったし……。でも、ひょっとすると、たとえば地方で小グループを結成して創作劇を発表していくなんてのはどうだろう。すごく楽しくはないだろうか？

太一の気分は俄かに高まる。電車を降り、ホテルの部屋で薄いコーヒーを飲み、シャワーを浴びてベッドで仰向けになるまで、太一は演劇のことや日本への帰国のことをぐるぐる考え続けた。

２０XD年十一月

今朝方のちょっとダラダラした夢で、十何年か前の慌ただしさが心に蘇った。太一は結局五十五歳で退官し、日本へと居を移した。

亜理紗はフリーランサーだから、拠点の移動にさほど困難はなかったが、問題は綾乃と歩の教育だった。歩は小学生だったからまだしも、綾乃はもう四年制ハイスクールの一年生《フレッシュマン》で、現地の日本語学校に週一で通っているとはいえ、国語力や文化面で諸々問題の生ずる可能性があった。どう対処するのがベストなのか、米国での仕事をこれまでどおり続けるという選択肢も視野に入れながら、太一は家族と何度も話し合った。

9

太一はいま、着替えもせずに古い日記を読み返している。夢での体験が発病以前の手記と重なるのは珍しいが、記述に矛盾は見当たらない。太一はD市の大学に職を得て、教鞭をとりながらD市と母のいるS市との間を月に二、三度往復するという生活サイクルに入った。綾乃はインターナショナルスクールに通うことになり、そのため亜理紗たち家族は東京近郊でのアパート暮らしを始めた。経済的にはきつかったが、共稼ぎで父の遺産もあったから、綾乃が奨学金を得てアメリカの大学に入り亜理紗と歩がD市に移り住むまでの三年間、ことさら無理をすることもなく過ごすことができた。

それにしても、ノートに記さなかったものを含めれば、これまでに百回以上、ひょっとするともっと多くの過去の夢を太一はくぐり抜けてきたはずだが、大学院を終えて以降の夢は少なかった印象がある。この二十年ほどに関わる夢は極めて稀だ。それはどういうことなのだろう。単に、幼少時の経験の方が強いインパクトを脳に刻み込んでいるということなのか、あるいは、もし過去が変化しているとするなら、人生の大事な分岐点は若い頃の方が圧倒的に多いということなのか。少年時代や青年時代の方が後で悔しい思いをする失敗も多かった気がするから、そのせいで夢を見るのかもしれないが、日記やアルバムを眺めていると、むしろ楽しかったことの方がずっと多いようにも思われる。

アルバムを開いてひとつ気になったのは、写っているのが誰なのか、いつ撮ったのか、よくわからない写真が相当数並んでいることだ。若い頃は顔の印象が違うし、さほど親しくなかった人物も写っているだろうから、そう不思議はないのかもしれないが、やはり、頭の衰えのせいで認識に齟齬が生じているのかもしれないと思うとどうしても気にかかる。

ただ、昔の友人の顔が、いまの自分にそこまで判らなくなっているとは信じられない。夢で再会した友人や先輩なら、似顔絵だってちょちょいと描けそうな気さえする。だとするなら、様変わりした古い日々の影響がここにも表れているのだろうか。記憶と結びつかない写真たちは、変貌を遂げた世界の残滓なのだろうか。たったいまも世界による事象の調整は進行中で、明日まで待ってもう一度アルバムを開くと、今日とは異なり、なじみ深い風景や顔がそこには並んでいるのだろうか……。

9

アルバムを閉じて大きく伸びをする。部屋を出て、ダイニングに向かおうと階段の手摺に手をかけると、どうしたわけか左足のスリッパがつま先から外れ、階下へと転がった。

太一はひくりと体を硬直させ、おもむろに周囲を見回す。ここは自分の家だったはずだが、勘違いだったろうか。なにしろ自分の認識はこのごろ当てにならない。いずれにしても、こんな急な階段は怖くて使い物にならない。他に階下への通路があるはずだ。廊下の奥に目を向けると、洗面所の鏡に淡い虹色の帯が揺らめいている。

その非日常感には……覚えがあるような気がした。太一は眼を閉じ、緩やかに二度三度深呼吸をする。冷めた観察がいくらかの抵抗とともにぬるりと浮かび上がる。……これは、いわゆる譫妄による幻覚に……違いない。幻覚とはいえ、そこには外界の何かが反映されている可能性もある。鏡に近付き、おそるおそる鏡裏の収納棚を開けてみると……、太一の携帯電話がシェーバーの横に並んでいる。

「おはよう。あら、スマホ、そんなところにあったのね」

後ろからいきなり声がして、太一はビクッと体を震わせる。スリッパを片手にした亜理紗の笑みが目に入ると、ホッと肩の力を抜く。

「……おはよう。急に話しかけるから、びっくりしたよ」

「そう？　ドタバタ階段を上がってきたんだけれど」

亜理紗の肩越しに見えるのは、見慣れた、普通の階段だ。

「スマホって？　探してたっけ？」

「そうですよ。昨日から。せめていつも充電しておかないと、探すのもひと苦労なんだから」

スリッパを履き直し、二人で階段を下りる。キッチンから、入れたてのコーヒーの香りが漂ってくる。

幻覚というのは、本当に脳の不具合の産物なのだろうか。テーブルに着きながら太一は近頃なじみのクリシェを心に浮かべる。自分の脳に不具合があるのは疑いを容れないとしても、幻覚は、情報の整合的解釈を歪めることによって世界を狭めるものなのか、あるいは、むしろ杓子定規な整合性を崩すことによって世界を広げるものなのか。先人たちが幻覚や幻聴に超常の存在の顕現を感取したのは、故あってのことではなかっただろうか……、などと。

9

……いずれにしても、幻覚がやっかいで傍迷惑な現象であることに間違いはないな。

太一は、向かいの席でなにやら話しかけている亜理紗に頷き返しながら、卵焼きを頬張って軽くため息をつく。妙に広々としたテーブルには、朝食の乗ったプレートとコーヒーカップ、電気ポットと朝刊、朝の薬と亜理紗のメモ帳、そして、プレースマットのふりをした、時の悪魔のような何かが並んでいる。

10

さまざまな夢

たくさんの夢を見てきた。数年来、その多くをノートに記してきたが、正直なところ、それが自分の書いたとおりのものであるのかどうか太一には確信が持てない。頭が呆けて自分の書いたものが認識できない、という意味ではもちろんない。ただ、もし過去改変が本当だとしたなら、変化はノートの内容にも影響を及ぼすに違いない。その書き直されたノートも「太一」が書いたものには相違なかろうけれど、それは元々の手記とは異なっているはずだ。

そのことは、太一には如何ともし難いわけだが、そうした変化を変化として多少の違和感を抱き続けていること自体は、この壊れかけた頭が原因となっているのではないかと思う。これも、狂った脳がオカしな想念を生み出しているという意味ではない。そうではなく、本来速やかになされるべき万象の整合性の調整が、ギアの錆びついた頭脳にはうまく作用せず、そのせいで従来の記憶と新たな情報とが矛盾した形で混在することになっているのではないか。太一はそんなことをときおり考える。

考える理由は、このごろ、ノートを読み返しても古いエピソードを思い起こそうと努めても、何が実際に生じたことで何が単なる夢にすぎなかったのか、何が現実で何が不安や願望のもたらす空想なのか、判然としなくなる折々があるからだ。

実体験と明らかに重なる整然とした夢だけでなく、太一は、輪郭が不明瞭だったり論理が飛躍したりしがちな、ごく普通の夢を見ることもある。数の上ではそうした夢の方がむしろずっと多い。ときには、昔日の経験としてはっきり認識できる夢があいまいな夢と連結することもある。そうなると、元々根拠の乏しかった太一の「改変理論」はますます疑わしいものに思われてくる。つまり、それが単なる過去の記憶なのか、その修正された軌跡なのか、それとも記憶を失いつつある自分が夢の断片に願望を投射しているだけなのか……、努めて情報を整理し、それを「自分史」の覚え書きと突き合わせない限りまるで判らなくなることがある。近頃は、そんな整然とした思考を自分に強いることも億劫になっている。

それにしても、本当にたくさんの夢を見た。ひとは、その閉じゆく生を前に、これほど多くの過去を逐一心に浮かべるものだろうか。

あるときの夢では、小学生の太一は不機嫌な父に反抗して嫌というほど説教され、理不尽な言い草について父が太一に謝らない限り自分も絶対に謝らないと言い張って、泣きながら眠ってしまった。別の夢では、道端の暗がりで泣いている女性に勇気を出して声をかけ、子供ながら人生相談に乗ってしまうという奇妙な経験を味わった。それが思い出なのか、夢の中の太一が初めて体験したことだったのか、やはり知る術はない。

夢の中で、強い決心をもって何かに臨んだからといって、必ずしも望ましい結果につながるわけではなかった。小学校でガキ大将の横暴に思い切って反発し、腹を殴られ仲間外れにされたこともあった。もっとも、人生をやり直したからといって、一度目の人生の記憶が持ち越されるのでない限り、いや、たとえ持ち越されたとしても二度目がうまくいく保証はないのだから、これは仕方のないことなのだろう。

もちろん夢で嬉しいイベントに遭遇することだってある。アメリカ先住民と日本人移民、そして日本人の内面的変容を比較文化的に論じた本は、苦労の甲斐あってかなり広

10

範な読者層に受け入れられたし、『時の向こうがわ』の再演では、年甲斐もなく、遠足前夜の子供のように心が浮き立った。ただそんな楽しい夢は、たいていの場合、以前実際に味わった興奮がそのまま再現されたものとしか思えなかったし、だから、それが実は新たに生じた過去なのかもしれないという微かな疑念は、ノートに記録しながら夢の記憶がやけに緻密で詳細にわたることに違和感を覚えて、初めて意識に浮かんだ。

高校の頃ラブレターをもらった夢も見た。これまで言葉を交わしたこともない、他クラスの小さなかわいい女の子だ。どうして自分に好意を寄せてくれるのか太一には見当もつかなかったが、三年生で受験を控える身ではあったし、寝不足だったし、よく知りもせぬ相手に想いを打ち明けるという行為に微かな気疎さを感じて、その晩のうちにかなりきつめの返事を書いて鞄に入れた。本人に直接渡すのは気が引けたし、机や下駄箱に入れるのも人目に付きそうだったから、学校帰りに郵便ポストに投函する心づもりだった。

翌日の帰り道、いつものように友達と本屋さんで立ち読みをしていると、何気なく手に取った少女漫画に、憧れの先輩からの冷たい手紙で少女が涙を溢れさせる場面があった。その姿にハッと見入ってしまう。迷ったあげく、その漫画を購入した。

友人たちと別れてから、鞄の中の手紙について思い返す。心の中で謝った。心無い言葉を浴びせられれば、心は傷つき折れるのだ。彼女のことをもっと思いやるべきだった。「女の子には親切に」って、みさちゃんにあんなに言われたじゃないか……。

結局、太一は最初に書いた手紙を破り捨て、別の手紙をしたためる。どう書けばいいのか、よくわからない。漫画は参考にならない。いまは受験で頭がいっぱいで、交際といったことはとても考えられない。水城さんも頑張ってほしい。もし勉強や、それ以外のことでも何か相談に乗れるようなことがあったら連絡してほしい。当たり障りのない内容を短く綴った。

夢の中で、太一は当事者としてそのつどの状況と推移を体験している。つまり、何かを「見て」いるというよりも、その夢を生きていると言った方が近い。夢の中で太一は生きている。目覚めた後の自分よりもずっと広い世界と大きな可能性に対峙している。そこに現前しているのは「いま」であって、決して「過去」ではない。

たとえば中学二年に進級したおり、入学したばかりの沙耶ちゃんを交え、順ちゃんやキョンちゃんと一緒にソフトクリームを舐めながら話す機会があった。多分、そんな夢

10

を見た。

沙耶ちゃんのお父さん、楡木コーチは、ナベさんたちと話し合って市の少年サッカーチームの年齢枠拡張を当面は見送ることにした。沙耶ちゃんはそう教えてくれる。そうなると今年も、沙耶ちゃんも含め、太一たちの受け皿となってくれるチームはどこにもない。

「だったら、これまでどおり、『ヒマナラサッカー』を続けるだけだけどね」

太一は、公式に市のチームが結成された場合のちょっとやっかいな対応——中学でのサッカー仲間はどうするのか、部活と両立できるのか、遠征などで両親の負担は増えないか、これまでの学校側との交渉はどうなるのか、などなど——を漠然と思い浮かべながら、少しだけホッとしている自分に気が付く。

「まあ、そうだけどさ、その活動名、もうちょっとなんとかなんないか」

順ちゃんは太一の使っている呼称が気に入らないらしい。

「え、でもさ、いつでも誰でもプレーできるってのがすぐわかるし、正式名称ってわけじゃないし」

「沙耶ちゃんのお父さんとおんなじようなこと言ってる」

キョンちゃんはクスクス笑いながら指摘するが、同じじゃないと思う。

「あ、その『ヒマナラ』なんですけどね、一年生にもやりたい子たちがいるから、こんどみんなで集まれないかって話してたんですよ」

沙耶ちゃんは相変わらず活発で、笑顔がかわいい。

「だったら、臨時のメンバーも募って、よそのチームと試合なんかもできるかもしれないね」

キョンちゃんが顔の前で手を合わせながら、目を見開いて太一に問いかける。

「でも、どこのチームとってのが問題だよ」

田舎の小都市ならではの難問を順ちゃんは口にするが、

「たとえば、人数に差をつけて、小学生チームとタックルなしの練習試合をするみたいなことだったら、いつでもできると思いますよ。あと、パパ、いえ、家の父のコネとかも使えます」

沙耶ちゃんは顔を赤らめながら話を続ける。

太一は、鏡原中チームのこれからの活動について、楽しい期待に胸を膨らませながらも、新たなメンバーの部活との兼ね合い、活動についての先生たちとの交渉、顧問が必要となるかどうかや最終的に部活を目指すべきかどうか、その場合、自由参加の楽しさがなくなりそうだが何かうまい方策はないものか、練習場所はいまのところ確保できてるけれど、今後はどうなるか、試合については楡木コーチと改めて話さなければならないけれど……さまざまな手続きや可能性について、そこに関わるだろう仲間や大人たちの顔を心に浮かべながら、半ば無意識に思考を巡らす。

そのような、張り巡らされた思惟と実在の網すべてが太一の「いま」であり、太一に開かれた世界であり、イメージの及ぶその一切が太一という存在そのものとなっている。そんな印象が、夢の中で太一の脳裏にストンと落ちてくる。すると、もう既にその「いま」は失われている。夢は夢となり、当事者ではない太一がその夢を見ている。

夢の中では、どうしたわけか太一の脳は正常に機能している。少なくとも過去の夢において、記憶がすっぽり抜けて困ったり、論理でたやすく混乱したり、異様な幻覚に惑わされたりした覚えはない。ノートにもそんな記述はない。もちろん、夢が以前起こったことの再現なら、その過去において認知障害が発生した覚えがないのは当然だろうし、若い頃に実際戻っているのだとしたら、その「戻った」自分が未来の病気を引きずっているはずはないから、異常がないのは自然なことかもしれない。だが少なくとも、昔に戻った気になって、障害を抱えたままの自分が夢で空回りの冒険をしているという、思わず赤面しそうな恥ずかしい状況ではなさそうだ。その点は少し安心している。もっとも、太一の夢での体験をつぶさに知っているひとなどいないだろうから、太一ひとりで恥ずかしがっても無意味だとは思うのだが。

ただ、心も体も健全であるからといって夢の世界で自在に振舞えるわけではないし、願望に応える形で物事が進むわけでもない。それは日常の、この世界での状況と同じだ。夢は日常世界そのものと変わらない。

日本に落ち着いて何年か経ち、綾乃がアメリカの大学で二年か三年を過ごした頃、太一はD市内外の仲間と協力して小さな演劇グループを立ち上げた。先日の夢で、太一はその劇団「ＫＯＥ」の運営に悩んでいた。

とりたてて深刻な問題があったわけではない。芝居を介しての社会的野心が太一にあったわけでもない。けれど、このところグループの活動が活発であるとは言い難かったし、古代海洋集団の流浪と離散をテーマとした新たな脚本のイメージを、どうしても舞台にうまく「降ろす」ことができない。劇団にフレッシュな風を送り込みたいと頑張ってきた太一だったが、その具体的方策で少し行き詰っていた。

その夏綾乃は、修士課程の準備を本格的に始めるまでのおよそ二か月間、日本に一時帰国していた。本来の予定を変更しての帰国で、娘にどうしても会いたくなった太一が北海道旅行をダシに電話で説得したのである。

綾乃は大学で演劇をマイナー専攻していた。太一はそのことをすっかり失念していたのだが、二年ぶりに帰宅して二、三日後、太一の現状を亜理紗から聞いたのか、アヤは太一の机にあった脚本に勝手に目を通したらしい。

「父さん、これ、もう練習始まっているの？　配役は？」

などと尋ねてきた。

「……そうね、父さんのことだから、架空のお話でも結構ガッチリした時代設定で舞台を作り上げようとしてるんじゃない？　わたしに言わせれば、このストーリーならもっとはっちゃけていいと思うよ。沈んでいく島だって、『縄文テックランド』みたいな雰囲気で構わないし、むしろ時代錯誤感がシナリオにフィットするんじゃないかな……」

太一としては、自分の構想についていろいろ思うところもあったわけだが、それはそれとして、アヤの発想はプロジェクトに瑞々しい断面をもたらすような気がして、太一は頷きながら耳を傾ける。

「……それから、もし配役がカッチリ決まってないんだったら、この、首長のバカ息子ね、わたしのイメージとしては歩がピッタリな気がするのよね。ダイコンでもあんまり違和感が出にくい役柄だし。ね、歩、芝居やりなさいよ。どうせヒマしてんでしょ」

いつの間にか、弟の歩も巻き込む流れになる……。


芝居はなかなか楽しいものに仕上がった。何より劇団メンバーの熱意が、綾乃の元気な毒舌で一段上がったような感触がある。結果として、演出に興味を持つ団員が新たに入団したり、歩が演劇に興味を持ったり、アヤの帰国する折々には家族が共通の話題で盛り上がったりと、あの公演は好ましい状況へとつながるきっかけとなったように太一は感じている。

ただ、同時に、劇団は太一の手を次第に離れるようになった。太一の思い描いていたヴィジョンとは異なった形で、若い世代が舞台に情熱を傾ける。それはとても望ましいことに違いない。アヤや歩の関与も含めて、劇団の活動は、当初太一の想像もしなかった方向へと転がり始める……。

10

シェリー

思うに任せぬとはいえ、演劇グループ「KOE」のときのように、苦しいまま、行き詰ったままで終わらずに世界が転回するなら、過去が変わるのも悪くない。悪くないどころか、もし事実ならすばらしい、そして恐るべき現象だ。けれど、太一が他の何よりも巻き戻したいと願い続けている四十数年前の出来事は、未だ変わらず太一の心に暗い影を落としている。

航空機事故で命を落としたシェリーについて、太一は家族の誰にも話したことがない。話した覚えはない。理由は、恋人だったシェリーを忘れられないから、というのではない。昔はそれもあったのかもしれないが、いま現在、思い出話としてさえ亜理紗に彼女のことを語らないのは、そうすることに痛みが伴うという以上に、太一の錯綜した思考と感情を言葉にするのが難しいからだ。

シェリーとの日々、交わした言葉、彼女の弾むような笑顔を、太一はいまでもはっきりと心に浮かべることができる。彼女があの日あのフライトを利用さえしなかったなら……何万回、何十万回そう念じたかわからない。もし本当に、強く願うことで、既に起こってしまった悲劇を避けることができるのなら、シェリーがいまも失われたままでいることをどう説明すればいいのだろう。

ただ同時に、もし夢を介してシェリーを救えたとして、その後の太一の人生はどうなるのだろうかとも考えてしまう。彼女と結ばれて家庭を持つのなら、よほどのことがない限り太一のいまの家族はすべて失われてしまうことになる。アヤも歩も生まれてこない。そんな事態はどうしたって避けたい。かといって、未来の記憶を持ったまま時間を遡れるわけではないのだから、故意に冷たく振舞ってシェリーと別れるなんてことはできないだろうし、したいとも思わない。そもそもあの日の予定を変えること自体、意識して行うことはできないし、そんな都合の良い場面に夢で遭遇できるかどうかさえわからない。

そうした迷いが、あるいは、惨事から身を躱すべくシェリーに働きかける機会を夢の中の太一から奪っているのではないか。そう訝しむこともある。

シェリーがこの世界のどこにもいないという事実は、過去のやり直しというラノベめいたアイデアが太一の妄想にすぎぬことを何よりも雄弁に物語っている。誰でもそう裁断を下すだろう。それを冷静に認めるだけの理性は、まだ保っているつもりだ。けれど、

10

その合理的に見える結論は、果たして太一が過ごしてきたこの何年かを包括的に捉え得るものだろうか。たとえば、何日もの鮮烈な印象を刻む、はっきり心に残る夢の数々は、単なる夢として、ありがちな生理現象として等閑視《とうかんし》してよいものなのか。

だから……、

太一はときおり、漠とした空想に身を委ねる。たとえばいま眠りにつくなら、気が付くと、シェリーとカフェテリアで夏の旅行についておしゃべりしているかもしれない。シェリーは、太一と一緒に日本に向かいたいなんて言い出すかもしれない。日本に着いたあとに事故のニュースを知った二人は、戦慄を覚えながらもホッと胸を撫でおろすのかもしれない。

あるいは、シェリーが仕事を始め、太一が発掘やフィールドワークであちこち飛び回るようになると、遠距離恋愛の二人は、なかなか互いに会えないことに不満と不安を抱くようになる。それは起こり得ないことではない。何年かの交際の後で、二人の生活がどうしても合わないことをシェリーも太一も実感するようになるだろう。太一がシェリーを嫌いになるなんてありえないから、話し合い、納得したうえで別々の人生を歩むことを決心するのかもしれない。

それは、太一の現在へとつながる夢想だ。棚の木箱と机の引き出しには、長年にわたるシェリーからのクリスマスカードや手紙がしまってあるのだろう。ひょっとしたら、今日か明日にでも、近況を知らせるシェリーからの手紙がまた届けられるかもしれない……………。

積み重ねられてきた物思いの群れは、イメージとして太一の内にくっきりと浮かんでいる。詳しく思い浮かべることも、掘り下げて思量にふけることも自由にできる。喜びも、懐かしさも、悔悟も、不安も、期待も、……さまざまな感情がそのイメージに寄り添っているさまを、太一は深く理解している。

けれど、誰かに向けそのありのままを言葉として紡ごうとすると、たちまち太一の舌はもつれ、思考は迷走する。太一の内に広がる鮮やかな世界を他の誰かの世界につなげることが、いまの太一には難しい。この、意味と情操に彩られた重層世界をうすっぺらな片言でしか伝えられないのだとしたなら、いっそ口を噤んでいた方がいいとさえ、太一は心のどこかで感じている。

10

夢の外

何冊も積み重ねられたノート。一番古い日付を持つ表紙をめくると、最初のページに記されているのは無機質なメッセージだ。

◎20XA年十一月十一日、○○病院で診断を受け、アルツハイマー型認知症と判明。
現在はまだ初期段階

◎綾乃随行

◎現在の詳しい状況、そこに至るまでの経緯

◎今後できること、なすべきこと

何度このページを眺めたのだろう。この最初のノートだけはボロボロに擦り切れ、表紙を幾度も補修した跡がある。けれど、「現在の詳しい状況」はさほど熱心に綴られた形跡がない。「できること」や「なすべきこと」はまるで書き記されていない。

それはしかし、問題でもなんでもないと太一には解っている。なすべきこと、現実になしてきたことは、すべて夢の記録の中にある。それは生の軌跡であり、祈りのフォルムであり、懐かしい追憶であり、抱き続けた憧れの欠片でもある。

ただ、ときおり、太一は記憶の風景を見通せなくなる。あの、記された夢の数々の背後には、太一の別の人生が本当に横たわっているのだろうか。もしそうだとして、その生は、完全に消え去ってしまったのだろうか。ひょっとすると、それはいまでも太一の内奥に息をひそめていて、ひょっこり顔を出す機会をうかがっているのではないだろうか。

それは不安の影を伴う想像ではある。だが同時に、もし本当に上書きされた個人史があるのなら、それを覗いてみたいという願望もなくはない。いや、ノートには、記憶の混乱と矛盾を亜理紗や歩に指摘されたというメモがあちこち記されている。もしかすると願望はもう叶えられていて、それが思惟の乱れを招いているのかもしれない。たとえば、自分は小さな住宅で独り暮らしをしてはいなかったか。中学時代について、鬱屈した印象を強く抱いてはいなかったか……。

心象の影たちは、折につけ、意識のたどる事実の流れを拒もうとする。ザワザワと小さな白波を立て、当然が当然であることに疑問を投げかける。漠としたイメージと、それなりに整った記憶。そのいずれが正しいのか、それとも、そのいずれもが正しかったのだろうか。

10

……自分はどんな人生を歩んできたのだろう。その手掛かりがふと掴めなくなる瞬間がある。

このところ、太一の体調はあまり思わしくない。運動不足が祟っているのだろう。体力が衰え、昼間もウトウトする時間が長くなっている。ベッドで休んでいると、ときおり亜理紗が覗きに来る。きれいなひとだな、と太一は嬉しくなる。

「亜理紗は……僕のお嫁さんなんだっけ」

不意に困惑を覚えて、太一は尋ねる。

「なに言ってるのよ。もう百年も一緒ですよ」

「ハハ、百年一緒なら、もう僕らは仙人だね。どおりで、このごろ……現世のことがちっともわからない」

「たいちさんは昔から浮世離れしていますからね。今更多少現世から遠ざかっても、大した変化はありませんよ」

亜理紗は落ち着いた眼差しで太一に語りかける。

目を閉じると、世界は鮮やかに彩られて、いま駆け出したなら、彼方で無数に輝く色とりどりの光片をどれでも追いかけていけそうな気がする。

けれど、太一はとうに気付いている。この世界はやがて閉じようとしている。

この閉じゆく世界がこんなに美しいのは、太一の生が満ち足りたものだったからなのだろうか。それとも、どこか心の片隅で、太一はまだこの世界を渇望しているからなのだろうか。


亜理紗が太一の顔を覗き込んでいる。少し眠っていたのかもしれない。

「このごろ、ときどきわからなくなる……」

太一は天井を見上げながら、独り言のように呟く。

「僕はどんなふうに生きてきたんだろう」

問いかけるような亜理紗の瞳に、太一は言葉をつなぐ。

「……思い出せないわけじゃないさ。けれど、なにが夢で、なにが後悔で、なにが願いなのか……、心がふわふわ浮いているみたいでね、自分でもなんだか……」

半身を起こそうと、太一は肘を使って体を傾げる。亜理紗は「そのままでいいんですよ」と言いながら、羽根布団をそっと押さえる。

10

「一生懸命生きてきたんだろうか。きみたちを悲しませるようなことは、なかっただろうか……」

不安に襲われた子供のように、太一はわずかに眉を寄せる。亜理紗は、布団の端に覗いた太一の右手に、自分の右手をそっと重ねる。

「たいちさんは、いつも、一生懸命でしたよ。わたしは、誰よりもよく知っています。誰に恥じることもない、立派な人生です」

手に柔らかなぬくもりを感じながら、太一はもう一度目を瞑る。穏やかな、淡い光があたりに満ちている。言葉は、亜理紗の優しさかもしれない。少しは真実も含まれているのかもしれない。感傷が混じっているかもしれない。でも、こんな暖かな光とともに生が静やかに閉じてゆくのであれば、自分の歩んできた道も、そう悪くはなかったのかもしれないな、と太一は沈むように考える。

00

ゆめを見た。叫び出すほんの手前のヒリヒリした空気が、胸の中でまだあばれている。

昨日、お菓子屋さんのわきの空き地に捨てられていた仔猫。その仔猫を、近所の子供たちがつかまえて、橋の上から川に投げ込もうとしていたのだ。太一は息をのみ、かけ出そうとして、——ふとんをはねのけ起き上がった。

となりには、妹の明花がうつぶせのひどい寝相でスゥスゥねむっている。まだ、ちょっと肌寒い。スズメの鳴く声が聞こえる。朝の陽が障子のすきまから明花の産毛をくすぐっているけれど、胸のザワザワはおさまらない。

太一はパジャマのまま、つっかけで玄関をとび出した。台所で母さんが呼んでいる。でも、いまはそれどころじゃない。

空き地のミカン箱をのぞくと、昨日見たままに、仔猫はくったり身を横たえている。

かがみこんでようすを見る。胸のあたりが上下して、息のあることがわかる。太一は嬉しくなって、そうっと、すくい上げるように仔猫を両てのひらにのせる。仔猫は少し身をよじらせて、ミー、と小さな声をもらす。

なんて小さくて、なんてかわいくて、なんてあったかいんだろう。太一は仔猫をやさしく胸元に引き寄せる。母さんに言って、この子をうちで飼ってもらおう。こんなにかわいいんだし、ぼくがなるたけ世話をするし。

日が少し高くなったのか、小さな空き地にも半分ほどあたたかな光が降り注いでいる。となりの菜の花畑では、一面に咲いた黄色の群れがかすかにゆれている。

うちの庭や砂山で、仔猫といっしょに遊ぶことを思うと、パジャマで家に引き返す太一の足どりは軽くなる。そう、これから先も、ずっと先も、楽しいことがたくさん待っているにちがいない。そんな予感に胸をおどらせて、太一はもういちど仔猫をそっとなでる。

夢外記《むがいき》

2024年1月16日　第1刷発行

著　者　十億《じゅうおく》（Ju'ok）

発行者　太田宏司郎

発行所　株式会社パレード

大阪本社　〒530-0021　大阪府大阪市北区浮田1-1-8

TEL 06-6485-0766　FAX 06-6485-0767

東京支社　〒151-0051　東京都渋谷区千駄ヶ谷2-10-7

TEL 03-5413-3285　FAX 03-5413-3286

https://books.parade.co.jp

発売元　株式会社星雲社（共同出版社・流通責任出版社）

〒112-0005　東京都文京区水道1-3-30

TEL 03-3868-3275　FAX 03-3868-6588

装　幀　藤山めぐみ（PARADE Inc.）

印刷所　創栄図書印刷株式会社

ISBN 978-4-434-33233-3　C0093